回家種田：

一個返鄉女兒的家事、農事與心事

劉崇鳳 著

推薦序

回家種田的光亮

夏瑞紅

向來江湖失意者總以「只好回家種田」自我解嘲，但近年這樣講的人少了，大家改口說「只好去擺攤賣雞排」。

畢竟現在家裡有田的不多，會種田的更稀罕，「回家種田」已難形容那無奈的退路，隱約還變得好像在炫耀神氣的靠山。

其實，即便家裡有田、也會種田，但這條從都市返鄉的「回家」之路，可不是說的那麼簡單。

這本書恰似一部紀錄片，長鏡頭對準定住的，就是回家路上的種種折磨考驗；這本書也宛如一道當令在地料理，每一口咀嚼起來都是回家的人心底的酸甜苦辣。

這是一對鍾愛山林的網路世代夫婦，在浪跡天涯後，決定攜手回家種田的故事。不過，別誤會了，這不是洋溢花香果甜的粉色系浪漫偶像劇。書裡主角不只素顏登場，還老是累到灰頭土臉，雖不乏熱情歡欣，但矛盾懊惱懷疑落寞也都一刀未剪。

男主角話很少，不時埋頭苦幹。他擅登山、想養牛，自有一套耕種哲學，不慌不忙，還能修理古鐘老桌兼剝豆曬穀縫麻袋，生氣了僅默默關門走人了事。書是女主角寫的，寫到後面才對這位隨妻回娘家的男主角公開致敬，但字裡行間早透露，他一直是她心目中魅力非凡的「生活系男神」，也是因為他認真想種田才促成她回家。

相對下，女主角的內心戲曲折，台詞卻很直白。她回家住上一陣就喊嚷「空氣好臭」、「種田好煩」、「鄉下好無聊」，完全沒在怕觀眾錯愕轉台；不過，最會為厝邊老人一個微笑而感動、最常在田野村落發現美好消息的，也是她。

有時她浩嘆明明是回家卻像誤闖異域，人生地不熟又百廢待舉，彷彿所有能耐都破功歸零；但一轉身，她又興高采烈吆喝一群志同道合的朋友為社區舉辦活動。

她很看不慣人家愛烤肉、濫用塑膠袋，老家過度消費的生活習氣也常刺激她敏感的環保神經；但她一面冷眼橫眉作「風紀股長」，一面卻又低頭反省自己是否因為傲慢才容不下受不了。

最難對焦的是家族後院滿布蜘蛛絲的恩怨忌諱。但除非繼續逃家，否則一回家就不得不面對，一面對就難免觸犯。她選擇以柔光微照傷痕，隨後便把燈打向戶籍謄本上為接通先祖血脈刻意加註的「熟」字（「熟番」之意）、打向稻埕裡全家同心協力勞動的現場，再打向一手策畫的演唱會中、那些鄉親在祠堂前冒著雨的載歌載舞。她以此安慰自己、鼓勵自己「往光亮的地方走，不要回頭」。

那光亮是回家才領悟的感恩與和解，也是種田才由衷湧現的、一份對土地的敬畏與信任。

上一代回家種田的人，首先得懇求父母原諒，又因理念與價值觀的衝突，往往許多時間力氣消耗於兩代間的拉鋸戰。如今這新版歸農回家時，他們的父母對慣行農法的固執終於鬆動了，他們因而得以較完整地演練新的經營方式。他們的父母雖仍擔心孩子種田挨餓，不時相勸「考公職」，但已不像上一代父母那樣相信都市才有出路。偶爾他們也還會遭遇「要種田幹嘛上大學」之類的側目，但在經濟衰退百業蕭條的現實下，能從「肯吃苦耐勞」、「有創業勇氣」的角度另眼看待的人，顯然愈來愈多。

更何況據最近一次農林漁牧普查（一〇四年底），農業經營管理者平均年齡約六十四歲，推算近十年內將陸續「離職」的六十五歲以上老農還有十一萬名，台灣農田後繼無人之憂迫在眉睫，政府正計畫培訓三萬名四十五歲以下的年輕人從農；再加上近年食安風暴凶猛，投效糧食生產最前線的身影，甚至恍若有「生態前衛先鋒」的光圈加持。

Google台灣董事總經理簡立峰先生也曾提出高見，認為台灣最合適發展的正是「安心事業」。換句話或可說是「高附加價值的服務業」，例如與人的身心靈、亦即健康幸福相關的產業：飲食、療癒、生活品味、宗教修練等。這些產業的共同點就是貼合土地，不易在全球化的旋風中被取代或席捲出走。優質農業無疑正是安心事業中的重要大項。

因此，雖然回家面臨的是殘破的田土，必須耐心養地、熬過困窘期，但可喜的是，時潮翻轉了，新歸農不再像上一代那樣踽踽逆流前行，他們更有機會一起乘風破浪。

新歸農昭示友善環境與永續社區意識的開展，也促進故鄉資源與網路能量的鏈結。他們回家種田不只復興土地活力、創造農村生機，也可望傳承古老的、對自然法則保持清楚覺察巧妙順應的生活智慧。

祝福男女主角在嘗盡回家的酸甜苦辣後，能平淡地不斷深耕，來日豐收之時，他們的故事將反過來宣告——回家種田本來就是神氣的靠山！

·夏瑞紅，作家。曾任雜誌社與報社記者、主編，人文基金會執行長，並曾獲中華民國傑出新聞人員獎。著有報導集《痴人列傳》、《人間大學》，散文集《在浮世繪相遇》、《醬子就可愛》、《現在最幸福》、《小村物語》，小說《阿詩瑪的回聲》，並編著《52把金鑰匙》等十餘種。

目次

肆・微苦——泥水落田

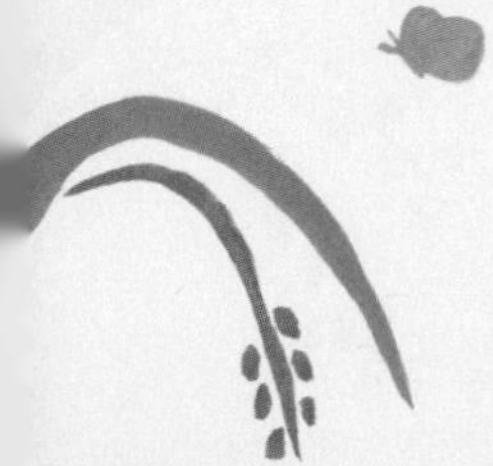

第一次覺得美濃如此清晰、如此真實，它再也不只是一條過年回家的路那麼簡單，我們正在創造，自己的故事。——〈鐵牛不是牛〉

（攝影／劉崇鳳）

父親在這裡，赤腳奔跑著長大。他的童年辛苦，以至於他不願回憶太多童年，直到我們把地拿回來耕種，直到我站在這裡，看日頭昇起，才明白那是什麼滋味。——〈老爸，你出運啦！〉

（攝影／劉宗鳳）

（攝影／劉崇鳳）

飽安靜、穩穩地耙開穀子，我聽見穀子刷刷的聲響，像聽見飽耙開了長久守候的嘆息。……我不願錯失任何關鍵的節骨眼，真切緊實的生活撐開了一切，那些說不出口的難安、那些美好景象的背後。

——〈穀浪〉

（攝影／顏歸真）

衝撞、掙扎和抑鬱都是必經，過程就是禮物，我從中看見自己的渴望與缺口，家人也看見他們的。很多時候看似互揭瘡疤，但其實是我們的存在替補了對方的不足。——〈環保女侯爵〉

（攝影／顏歸真）

這就是美濃，不只有山林流水，更多是湧動的人情、隱而不言的感動與傷。這就是我家，複雜而真實、幽暗且靈動。想起我們製造的混亂，仍感到鼻酸，絕望想哭，一切荒誕出奇就像演八點檔的霹靂火，我還要拍拍自己：「很好，妳面對了，這才是回家。」——〈真真正正的回家〉

自序

聽見

直到現在，我都還記得初始聽見那聲音的倉皇失措。

晚間八點，吃飽飯，我推開門，與正在看電視的男友飽說：「我出去散個步。」便獨自走入暗黑的鄉間小路。

那是我們搬到花蓮生活的第三、四年，壽豐鄉的平和村是一個沒落的村子，蕭條冷清，剩下老人與貓狗，幾乎沒有年輕人。

我手插著口袋，在小路上走著，荒耕的草地上有許多垃圾、老房子逐漸頹倒、空屋愈來愈多，村子逐漸在縮小當中……。安靜得很久了，電視的聲音雖稍顯熱鬧，我卻覺得空虛，似乎少了些什麼？

如果喜歡鄉下，為什麼耐不住鄉下生活的寂寥？我問自己。

鄉下真的是這個樣子的嗎？熱鬧滾滾的鄉下，難道只存在於過去？

體內突然湧現一個聲音，幾乎就像是回答問題似的——我這麼想起老家美濃，一個當今蓬勃發展中的農村。那裡不只有老人與狗，還不乏青壯年與新住民，經濟農業蒸蒸日上，還保有濃郁的文化氛圍。

心底緩緩浮現美濃鄉間的氣息、暗夜街道的畫面……，好像啊！我慢慢停下腳步，張望四方，嗅聞周遭的空氣。

大學畢業以後，我長年在東部生活，一邊打工一邊寫作，尋尋覓覓，在理想與生存間拔河，從海岸到縱谷，流浪遷徙。不論住在哪裡，都不會脫離鄉下太遠。我站在那裡一會兒，確認平和和美濃的相似性，然後發現這兩個地方大不相同，但都是我喜歡的鄉下。

兜了好大一圈，原來我本來就擁有啊，我站在那裡，怔怔看著自己，不可置信於這個事實。本來身邊就有一個，我卻四處漂泊尋找，另一個有生命力的農村，尋找一個安穩落地之處。我有些困惑，為何捨近求遠？

「不會吧？別鬧了，那是不可能的！」下一秒，我的內心瘋狂大喊，緊接而來的是強烈的排斥與抗拒。天啊，好想假裝沒這麼想到過，這裡自由自在無拘無束，神經病才會想回去，連考慮都不可能。

遠處大山呈現一片暗影，空曠的田野間隱隱有草香浮動，燈光稀疏地錯落，蟲鳴唧唧。這聲音靜靜迴盪，如黃昏炊煙：「要不要考慮回美濃？」我冷汗涔涔，倉皇莫名。

事實上，這自問自答的時間非常短，因為我根本不願、也不敢想回去的可能性，我收下我的原鄉就是一個熱絡農村的事實，然後冷靜壓下美濃種種鄉間景象的浮現，告訴自己沒有這回事，慢慢踱步回家。

＊

自那之後，這聲音時不時就在心底湧現。

在走路的時候、在整理家務的時候、在昏黃燈下書寫的時候……。有一次，我蹲在後院整理香草植物，起身走到香蕉樹前時，這聲音忽地又響起。我在原地發愣，有點苦惱，這聲音已成一種干擾，我嘗試聽而不聞，表面上無人知曉，生活如常，但心底喧鬧不已，像時不時有人在你耳邊反覆碎碎念，我感到厭煩，這真的很吵。才開始細想：這聲音的源頭到底在哪裡？是潛意識的指引？還是美濃土地的叫喚？

如果搬回美濃，年邁的阿媽就有人陪伴了。我想。阿媽一人獨居美濃，她的身體狀況日漸衰微，爸爸叔伯們多在市區上班，週末才回老家探望。我不想回去，卻害怕有一天阿媽終將不在，不現在搬回去，什麼時候回去？

於是我還是承認，即便有阿媽的引力，仍不足以讓我放下一切回美濃。這裡怎麼辦？飽怎麼辦？我瞇著眼，午後陽光落在香蕉樹的葉子上，閃著綠色的光芒。這小小一片後院，和阿媽的魔法菜園有異曲同工之妙，老家之於我，或許仍只是個浪漫幻影。

飽後來放棄自耕平和村的兩分地，我們移轉至BD農法（生機互動農法）的有機農場，經營一個空間，開發從土地到餐桌的種種食品，兼做窯烤麵包。那年的春天有些辛苦，家中屋牆漏水嚴重，又逢主臥室發現白蟻大軍，一邊整理食堂空間、一邊處理租屋問題，時常在租屋與農場間奔波，這裡補牆那邊做木工、這裡要拆床那邊忙添購設備。一天農場工作結束，吃過飯回到家已經很晚了，夜間十一點，我還蹲在主臥室刷油漆，疲累至極。我覺得自己好狼狽，書寫的能力幾乎遺失，快忘記上次寫字是什麼時候了，我的未來毫無希望，想不起來自己為什麼在這裡。

半年後，阿媽走了。

我回美濃守喪十天，從死亡中理解生命，理解家族的意義。那是自小渴望獨立、離家遠走高飛、走得愈遠愈好的我，所不能理解的。甚且是，恐懼於理解的。

因為回家太可怕了。除了緊密的親子關係、半生不熟的親戚關係要面對，還要重建生活圈——美濃沒有朋友，我們跟那裡一點也不熟。必須要棄捨花蓮，要放下要好的朋友和鄰居、幽靜的曠野與海洋，這並不容易。花蓮生活啟蒙了我們有機耕種、自給自足的生活型態，並擁有一群共好共享、志同道合的朋友，老家不過是小時候逢年過節回去的地方，現在連老人家也不在了，還需要回去嗎？

在聽見聲音後的兩三年裡，我時常這麼自問自答。

阿媽走後不久，我與飽結婚了。嘗試理解「家」這個東西，不是從原生家庭開始，而是在年輕多趟的異地行旅中，不管是出國浪遊或東岸居遊，都不得不被迫返身凝視自己的家鄉。阿媽的離去奇異地紓解了我對婚姻枷鎖的僵化想像，我結束了同居生活，承接飽的家庭走入自己的生命中。

那一年，因平和租屋嚴重漏水的屋牆，迫使我們終於搬家，移居至就近的社區樓房中。好像很久沒住過有樓梯的房子了，新家曬衣服的陽台很小，我突然想念起平和的大院子，在那裡跑上跑下，洗曬棉被，享受冬日暖陽的美好早上。「沒關係，撐一下。」我告訴自己。

有一天我們會回美濃啊，美濃也有大院啊，我一樣可以赤腳在院子裡跑上跑下，在晨光底下哼歌，放肆地大曬衣服和棉被。

我鼓起勇氣，詢問飽：「下一年，我們搬回美濃好不好？」等待他的反對或嗤之以鼻。想不到飽一副輕鬆自若的樣子，老家有地有房子，做農無後顧之憂，有何不可？老天！他對花蓮竟然沒有眷戀，反而是我，顯得多疑而綁手綁腳。

當我不再抵拒、當我認真考慮、當我開始懂得回應：「再給我一些時間想清楚好嗎？」這聲音就逐漸地變小、逐漸稀微，仔細諦聽才能確認其存在。它若隱若現，未曾消失。每當生活凌亂、茫然無頭緒時，我會搜索這聲音，以其為一個指標。住進社區以後，我們在自家開立社區麵包店，有穩定的社群生活，日子繽紛又多彩，我矛盾地期待聲音消失、期待不再聽見，這樣我又可以繼續待在花蓮，過著開心自在的生活，不用理會回美濃的種種未知。

孩子們歪歪倒倒騎著腳踏車經過租屋樓下時，會對陽台的方向大喊：「阿姨——」我出來招手：「嗨喲——早安！」孩子的母親摘下遮陽帽，與我打招呼：「要不要考慮不搬了啊？」鄰居朋友們以各種出其不意的方式慰留、表達不捨，我心裡矛盾掙扎，是啊，好不容易深植的情感，怎能說放手就放手？

可是我不得不，依循著那股聲音，久而久之，這成為一種引領、一種傳喚，硬著頭皮也得回去。

那一陣子，我時常騎著車，在壽豐到市區的路上看著中央山脈的田園景致，隨意吟唱，白日翠綠豐饒、夜裡靜謐如詩，這麼美麗的縱谷，涵養我們多年的漂流歲月，我每每會多看幾眼，深怕這一眼漏看，就會從此遺忘一樣……

壹・

心酸——回家難

（攝影／劉崇鳳）

鐵牛不是牛

我是從來沒想過要養牛的。

小時候不聽話時，媽媽總愛罵那麼一句：「再這樣下去，就讓妳回鄉下放牛！」牛的存在之於我，成為某種失敗的標記，跟牛在一起的孩子，注定一事無成。

這個觀點在遇上飽之後，完全被顛覆。飽喜歡牛，他首度告訴我他想養牛犁田時我瞪大了雙眼，以為自己聽錯。「你要養牛？」他告訴我，農業器械化的來臨，讓大型機器足以快速打田，田的面積再大也不擔心。但其實鐵牛的刀片快速在土地上翻攪時，對土地並不溫柔，比起用牛打田，鐵牛打田其實傷土地。

走得太快的世界

飽的老家在彰化大城的海邊，他的大伯、二伯已經七十多歲了，過去都用牛耕田，現在村子裡仍有一頭牛，是他二伯養的，飽很想跟二伯學習用牛犁田的技術，無奈長輩們都搖頭，覺得不可能，這一點也跟不上時代的腳步。飽始終沒能向二伯學習，每次回去，我們只能陪著牛，卻無法跟牛一起工作。

那天早上，飽通知我送一個零件到田裡給他，騎著機車到田邊時，看到飽推著一台小鐵牛，嘗試自己打田。那台小鐵牛從花蓮來，在我們決定回美濃後，教飽種田的老師送給飽的，意義重大。

但土地很乾，我看著他推著小鐵牛窒礙難行的背影，有些狼狽。一切才剛剛起步，什麼都得自己來。他看我站在田邊，有些羞赧，推著小鐵牛又努力向前走幾步，小鐵牛的刀片在土地上滾動，草根在上頭糾結成團，卻翻不起多少土來，連我這種門外漢，都知道這不管用。

經過的地方被劃上一道較深的痕跡，但青草仍在土地上，只如被車輪輾過。我想起養牛的夢，田地突然變得好大好大，推著小鐵牛的飽，背影變得好小好小。

飽到底在這邊推多久了？他換上了我拿來的零件，執拗地繼續嘗試。溫暖的冬陽底下，我竟然感受到一絲淒涼。

要接受嗎？該放棄吧！

這台小鐵牛，推也推不動一塊田，事實就是，我們需要更大型的機器來幫忙翻土啊！

我突然有些想哭，這世界走得太快，牛耕田的速度已遠遠追趕不上鐵牛，小鐵牛也不一定管用，如果想自己打田，我們就得再找一部更大台的二手鐵牛才有辦法。這是一種如何的矛盾，明明想養牛犁田，為了生存，卻必須考慮買大型鐵牛才有辦法做想做的事，這個世界怎麼了？

土地動都不動，一切如是收受。

飽默默地轉了個彎，把小鐵牛推上柏油路，我才發現他沒有車。「我走路來的。」他說。我想像他清早獨自推著小鐵牛從家裡慢慢走到田裡來的畫面，一股孤單感襲來，如古早時代的人，一切簡單緩慢、克勤克儉，到頭來，卻徒勞無功。

人生地不熟。我們是回來了，但一切都在適應中。這裡的氣候、土質、環境條件和花蓮完全不同，我是離家得太久了，把全部還給了童年。飽則要從頭開始，很多事不懂，什麼都得打聽。

失去方向的暗夜

我們開始四處詢問購買二手鐵牛的可能性。鄰近的阿炳哥告訴我們，他知道有位阿公要賣他的鐵牛，找一天帶我們去看。

我們數次主動約看鐵牛都沒有約成。一天晚上，阿炳哥突然打電話來，問等一下有沒有空，要帶我們去看鐵牛。

「哪有人在晚上看鐵牛的？」我有些錯愕，但既然阿公只有那時候有空，也就去看看吧。

匆匆吃完飯，我們開著貨車去載阿炳哥，阿炳哥領著我們在鄉間小路轉來轉去，黑幽幽的夜色讓一切都蒙昧不清。

我們在一個三合院前的路口停車，阿柄哥要我們在車上等一下，自行下車，走進大院，喊了另一個中年男子出來。

我不知道這位老叔是誰，但這位老叔也跟著阿炳哥跳上我們的車，原來阿炳哥也不知道鐵牛人家在哪裡，要請老叔帶我們過去。於是我們又開始在鄉間小路繞來繞去，最後拐進一條小路，開進一戶人家的大門，停在倉庫前。

主屋昏暗，而倉庫沒有點燈。

一個小伙子走了出來，阿炳哥用客家話與他攀談：「電火（燈）呢？電火哪沒開？」我這才發現小伙子說話遲緩，表達能力有些障礙，他比手畫腳了一下，我們才知道阿公出門看醫生去了，晚點才會回來。

我更錯愕了，這似乎沒有約好，鄉下人真隨性啊！

小伙子把倉庫的燈打開，我們終於看清楚了。飽指著倉庫一角說：「鐵牛在那裡。」小伙子把蓋在上頭的帆布拿走，拍掉灰塵，這鐵牛好大啊，放在這裡很久了的樣子。飽蹲在前頭看，聽阿炳哥在一旁用國語說：「這是二十碼的大鐵牛，不是用推的喔，人要坐在上頭開，看到了吧？齁！這打田一定又快又方便！」

飽查看了一下鐵牛的狀況，很老舊了，但電瓶很新，推估阿公剛剛換過，我們想試著發動，但是發不動，鐵牛發不動，再大也沒用。

有一段時間，幾個人就站在倉庫裡，聽阿炳哥和老叔用客家話閒聊，等阿公回來。

我走到倉庫的另一端，看望這個夜。夜色讓周遭景致盡皆暗沉，看不清楚、不知要走向何方，我們失去了方向，有燈也不足以取暖。

玻璃罩外的裝置

我不知道，介紹人阿炳哥為什麼會挑這個時間帶我們來。晚風微冷，為了犁田來到這裡，卻並不順遂。我知道阿炳哥努力活絡等待的氣氛，但我抓住了空氣中一絲荒謬詭譎的氣味，這與走到哪裡都有朋友溫暖照應的花蓮太不同了，我們需要小心翼翼，每一步都是未知。

回身，看到飽枯站在那裡，像個木頭一樣。

阿公的貨車開進來時，我正在跟阿炳哥說不要再等了，回家吧。阿炳哥說服我再等一下，不要功虧一簣。「看吧，回來了吧，趕快趕快！」阿炳哥和老叔跑上前，阿公和阿婆走下車來，邊走邊和他們兩人迅速地用客語交談，然後走向我和飽。

「本來有人要六萬元買去我不愛賣的，今這下便宜五萬元分你好了（現在五萬元便宜賣給你好了）。」阿公說。

「阿姆唷（我的媽呀），他的腰不好啊，老了，儘採（隨便）賣賣欸，你兜要就駛走啦（你們要就開走啦）！」阿婆說。

「五萬元，還做得！你考慮考慮。」阿炳哥跟我說，老叔在一旁點頭稱是。

隨即他們四人又攀談起來，言談內容無不與這台鐵牛有關，說它以前多好開、跟著阿公多久，然後重複談論過去有人出價六萬想買阿公卻不賣的往事。

飽向我投以詢問的眼神，一堆人七嘴八舌連在一起的客家話他沒一句聽得懂的。我看著他，感覺我和他之間有一個玻璃罩，他站在玻璃罩外已經很久了，幾乎變成一個裝置。

第一次覺察語言文化如一堵高牆，可以拒人於千里之外。即便我聽得懂，優游自在於母語之中，也茫然於價格的真真假假，困惑於人與人之間的關係。而飽置身其中，卻完全被隔絕。

真正有心想買鐵牛的，是飽，是他的意念牽連起這個夜，卻沒有任何人對著他說話。

我走過去，拉著飽的手，告訴他，這一台要五萬塊。

飽驚愕地瞪大雙眼。

「欸，這二十馬力的，好用的欸！你運氣真好，要是我也想買一台。」阿炳哥用國語轉頭跟飽說。

「要發動試試看。」飽說。這是他的堅持。

阿公啟動了兩次，無法發動，推測應該是還沒加機油的關係，他們要我們明天中午再來，若發動了就可以開回家了。

我感到疲憊，湧上一股無力感。

一堆人又開始七嘴八舌地用客語聊著鐵牛英勇的過去，我認命地跟阿婆留了電話，約好明天中午再過來一趟。阿炳哥說：「到時候有需要，再載我一起來啊！」我問阿婆有沒有可能更便宜一點，我們的預算有限。「這下已經當（很）便宜了，妳愛多便宜？」阿婆反問我。

我們開著車離開，放下了老叔，阿炳哥抓著我們的椅背，告訴我們明天可以怎麼和阿婆談價錢：「跟阿婆講話要軟一點，說你們剛回來啊、創業辛苦啊，這樣講一講，就變成四萬五了……」

晚風穿過窗戶吹拂臉頰，我看著窗外的水圳，淙淙水聲令夜愈發安靜。第一次發現自己遺失了判斷力，沒有判斷力到底是因為這個模糊的黑夜、還是置身母語中卻發現舉目無親的失落，再也分不清。我看著飽握著方向盤的沉默側臉，真心覺得他真是勇敢，跟我這樣兩手空空回來，什麼都要重頭開始。

這個夜昏暗曖昧，蒙罩多層面紗，夾雜著我們的無知、鄉下的真實，夜風微冷，我感受不到老家美好，浪漫幻影在一夕間墜毀，第一次覺得美濃如此清晰、如此真實，它再也不只是一條過年回家的路那麼簡單，我們正在創造，自己的故事。

阿炳哥的家到了，他下車，我們揮揮手：「謝謝！晚安。」

夜已深，若不是桌上的鍋碗未洗，我真的會以為我們出了一趟遠門。

隔天，阿婆沒有接電話，我們也沒再去阿公家發動鐵牛，飽倒是獨自騎車到屏東里港找農機行問了幾次，他說那邊的人講台語方便溝通。適逢選舉前，政府發出補助專案，農民可以購買新機，於是農機行翻天覆地地忙著叫貨與補貨，根本沒有時間整理或維修二手農機，飽的二手大鐵牛，始終沒有下文。

那一天我不在，飽找了年輕小農來幫忙打田，我能想像大鐵牛開進田裡，咻咻咻三兩下就打好田的樣子。

我惦念著飽想養一頭牛犁田的夢。與此同時，我也明白，我們跟牛的距離，是愈來愈遠了。

於是回飽彰化老家的時候，我們習慣繞走到牛棚旁，去摸摸那全村最後一頭六歲的黃牛，二伯養的。我總是還未走上前，就一直用台語喊著：「牛、牛！」自以為跟牠很熟的樣子。

不走回頭路

我們，真的花了不少力氣，避免自己去想「逃離美濃」的任何可能。通常它毫無預警、突如其來，在生活不經意的片刻，都可能瞬間襲來，如海浪般輕而易舉將我們淹沒。我們的戰力不好，時常節節敗退，告訴自己千百萬遍「這很孬」、「不能這麼想」，卻又不由自主真的想拔腿逃開，這箝制重重、麻煩又陌生的農村。

種田真的很煩！

飽開車到台南接我回美濃——學生時代我們在台南讀書，登山社四年的歲月裡，為了到茂林爬山，這條路我們並不陌生。多少年後，又有機會車行此路，自關廟、龍崎到旗山，飽放了他最喜歡的五月天第二張專輯《愛情萬歲》，我們又像回到二十歲。

只是甫自山上結束工作的我，腦海裡還殘餘許多山的氣味，聊著山上的風景，沒發現飽沉默以對，我自顧自說著說著，直到飽冷不防冒出一句：「種田真的很煩！」

我突然語塞，轉身看向飽，他雖耐著性子、努力持平，我仍感受到他內心焦躁──飽難得有焦躁。

山路蜿蜒，兩旁是青青竹林，車子順暢地滑過一個彎，我安靜下來，換飽開口，說著叔父輩對他的點提。他們說，公務員有穩定收入，慣行農法也有穩定收入喔；他們說，有機不好做，種田是沒有退休金的，要不試試種真柏？老了以後可以靠賣樹生活。

飽罕見地多話，侃侃重述的神情帶點淡漠，彷彿他不是當事者。

「沒關係。」我把手重疊上飽放在排檔上的手，說。

沒錯，走自己的路，是沒有退休金的。

回家路上，天漸漸暗了，我看著飽逐漸模糊的臉，聽他說著老了老了，才驚覺我不在家的這段期間裡，他一人是如何應對周遭長者們的關心議論。

飽說他想種樹，不是為退休金、也不為賣樹賺錢。飽說等我們老了，樹也大了，我們可以取材做木工，為孩子添嫁妝、蓋房子。

「什麼？」我噗哧笑了，孩子在哪？

飽說，美濃農業昌盛，他已經發現農民耕種都是為拚經濟，大農把香蕉事業承包給別人，聘請農工，種地不顧土地，只指望田裡快生出作物，作物能生黃金，其他的，無暇顧及。

我想起那時爸爸的地還沒收回來，一天夜裡我們去放水，飽發現租地的農民在田裡燒垃圾。「他們在幹嘛？」我好生錯愕。

對，那些包香蕉的黑色塑膠袋與黃紙，量大費工，就地燒掉好處理。我記得我站在田裡怔忡許久——難以接受的，不是爸爸的地被拿來燒垃圾，而是我們無能改變。

飽說，每個人耕種方法不同，但都是為了生存。土地裡，生黃金。飽平鋪直述，沒有抱怨，我感受到他身後沉沉的壓力。

我看著他，突然間肅然起敬，我不在家的期間，飽一個人是怎麼過的？

回家怎麼會這麼艱難？

「週末欸！妳週末不在！」飽有些激動。

我心虛地面對飽，頭低低的，即將到花蓮山裡帶活動，初來乍到沒多久，就留飽一個人在美濃，我感到內疚。

因為週末是美濃老家最熱鬧的日子。隔壁緊鄰的大伯和對面的三叔叔會回來，爸媽也會回來，親戚們會在大院裡進進出出，可能還會有親戚的親戚、親戚的朋友，一想到飽一個人在家的光景，就有一種快窒息的感覺。

「跟妳一起去花蓮好了。」飽說，「還是我回台北家？」他又說。

對，換作是我，我也想逃走。（誰不會想逃？去一個自在熟悉一點的地方。）

「來回車資要想辦法打平……」我說。

「再做麵包，回台北農夫市集擺攤？」飽說。

我不會忘記飽回答這話以前，沉默了好幾秒鐘。

由於純支出的狀態已持續三個月以上、買車買農機的支出也已超出預算，這使得我們不再享受異地行旅，就算回家，也得考慮再三。

要生活，先得懂得生存才行。

於是我眉頭深鎖默默離去，留飽一人眉頭深鎖站在倉庫裡。其後，我早也掙扎、晚也掙扎，我不知道為何放飽一人在家會有罪惡感，百般思索，想不到權宜之計。飽本不擅交際，又不如我熟悉親族，我不願想像飽的寂寥、也心疼他的辛苦。兩天後，我抱著飽說：「沒關係，逃吧逃吧！這也是沒辦法的啊。」我在飽惆悵的眼神裡看到掙扎，知道他其實不想為此妥協，北上農夫市集擺攤不過是個幌子，遠非長久之計，只有他最清楚他要走的路。

是，我們是鴕鳥，只想埋進深深的沙裡，唯恐一抬頭，就被發現倉皇失措的臉——回一個家，怎麼會這麼艱難？

就這樣走進上一代的價值體系，與長輩溝通、整理舊物、拆箱、刷漆、做木工，同時摸索農地相關事宜，種子怎麼叫、秧苗上哪找……，都得請家人代為詢問。直到我連買工具、剪頭髮都要上網 Google 店家，才承認自己像個瞎子，老家一點也不像家。事實是，我們正在摸索一個真實的、凡事都要靠關係的鄉下。它並不理想，更多是寂寞，狼狽適應的同時，要人如何不想起花蓮的舒適圈？

我知道逃跑不是辦法，也一直擔心飽想逃，卻又矛盾貼心地告訴自己，應該要支持他逃走。媽媽來電，我告知她我要到花蓮帶活動，而飽則計畫北上。「阿飽要回台北啊……」媽媽聽出了弦外之音。

是的，我們還不夠勇敢。

這天飽的姊姊小蕨來探望我們，覺察到我們的疲憊空乏，我在二樓刷漆時，小蕨在一旁，讀著網路上看到的一段話給我聽：「往光亮的地方走，不要回頭。就因為這世界還不夠好，所以我們可以繼續努力。」

我一邊工作，一邊情不自禁地點了點頭。在小蕨一點一點讀著的同時，我刷漆的手沒停，焦慮的心卻莫名被安撫了，像黑夜裡看見一盞燈。

「在哪裡看到的？有全文嗎？」我轉身看向小蕨。心想，一定要讀給飽聽。

當我再度走進那間倉庫，坐下來，飽正用鏈鋸鋸著木頭，我拿起飽的手機，搜尋「人類圖」、「今日氣象報告」，在吱吱吱的木工聲中朗聲宣讀：

站在黑暗裡，就往光亮的地方走。在你不確定的時候，沮喪的時候，感覺沒有希望的時候，或隱隱感到怒火上升的時候，更要自律，別讓心智蒙上一層濃碳般的灰燼。

不要對黑暗產生怨懟之心，抗拒只會更強硬地讓我們滯留在黑暗裡，所有紛擾不休的爭論與不平，是激盪、是憤怒，都好，這過程要掀開原本無人知的幽暗，使調整變得有可能。就因為這世界還不夠好，所以我們可以繼續努力。

往光亮的地方走，不要回頭。[1]

飽起身，拿了桌上的尺，轉身回到工作的位置時，低低說：「再讀一次。」

我多麼樂意，讀給他聽。人類圖氣象報告不是《聖經》，小蕨也不過是一時興起分享給我聽，但這些句子，在現在，對極其虛弱的我們而言，非常重要。新環境無所仰賴之時，任何的不安和畏懼都可能腐蝕我們。

我讀完第二次，飽沒再說話，繼續做他的木工。我看著他埋頭苦做的身影，也默默上樓繼續刷漆。內心裡，各自曲折。

一個男人，回女人老家種岳父的地，要在一個空氣紫爆的重工業城市（高雄）做有機，當買個二手鐵牛碰了一鼻子灰、當打田都不知道要找誰，他懷疑搬遷的決定，我也茫然於回家的意義。

一問再問，為什麼要回來？如何才能自在？

所以我決心走進倉庫，不顧三七二十一就打斷男人的工作，讀著那些黑夜裡的光，傳送給他，一如我聽見時，抓取到的那一點點安靜與穩定。

隔天早上，飽告訴我，不跟小蕨一起回台北家了，他決定待在美濃。「到時候妳從台南轉車嗎？我去接妳。」飽說。

走出暗夜裡的憨人之路

誰料得到，我下山後，兩人在車上聊著聊著，不由自主又想逃了。

熬過了一次，會有下一次到來。

暗夜裡，車行這條青春之路，飽難得脫口焦躁，五月天的〈憨人〉相伴，我偏頭想著，怎樣才可以不著痕跡地「逃離美濃」？我講了幾個方案，每個方案都有破

1 人類圖氣象報告：出自喬宜思〈今日氣象報告：往光亮的地方走〉，喬宜思為全球人類圖學院（IHDS）亞洲首位正式認證的中文人類圖分析師。

綻，無法完美下台。飽沒有應聲，我看著昏黃路燈的山路，心裡愈來愈明晰，嘴上說著逃跑，卻清楚知道我們多期待自己：不、要、逃！

飽說下週要插秧，大家都在搶秧苗、灌水田，他搶不過人家。飽說接著要買苗、要種隔離帶，還要包裝、要行銷、產銷要平衡……

「沒關係。」我的手心疊合上飽放在排檔上的手，輕輕摩挲。

我沒告訴他，這天黎明醒來，我夢到花蓮的朋友，夢裡朋友告訴我A農園缺人手，我想太好了飽可以去打工，不用擔心收入了！朋友又說，另一個B農園也在找人，我有些為難，因為不確定飽要不要再多兼一份工。醒來後，我心裡明白，夢暗示著我們對美濃現況的恐懼，以及經濟憂慮。這些恐懼憂慮一直尾隨著我，卻從未這麼明確地入夢。

飽想掙脫固定的經濟模式，渴望打破它，我卻在意他的痛苦掙扎，以至急著想為他尋找出口。夢提醒我，還給飽困頓掙扎的自由，要相信他。

「沒關係，我們禁得起。」我想起山裡鬆軟芬芳的土，那樣的土壤，就是飽的夢想。

〈憨人〉就這麼紅了十年，一如這條山路也在我們心底亮了十年，車子蜿蜒其間，兩旁有樹林相伴，樹影嘩嘩擦過我們的臉。「我有我的路／有我的夢／夢中的那個世界／甘講伊是一場空——」我像中邪一樣，不停按下 replay 鍵，車子駛出龍崎，經過旗山小鎮，轉進美濃前通過華美的旗山橋——兩側斜拉十多道長長的鋼索極富張力，將這個夜點綴得魔幻寫實，哼著五月天，我們就穿越這道厚重的大門。

下車，搬出大背包，暗夜裡，大院有桂花香在鼻間隱隱浮動。

飽想逃離既定框架的現實，我想逃離故鄉的真實，然而我們愈難耐愈躁動，我就愈清楚，我們多麼渴望，有那麼一天，能全然接受現實框架的存在、接受故鄉的真實，與之並存，並且還穩穩地站在那裡，穩穩地，走出自己的一條路，一條暗夜裡的，憨人之路。

飽旋開家中的門鎖，我走進去開燈——是的，不走回頭路，再溫軟再令人回味，也不回頭！

外公的書房

原本開車到美濃中正湖（現已更名「美濃湖」）轉轉，繞著繞著不知為什麼就繞到竹頭角了，連自己都很訝異。

「阿婆家！阿婆家！」我趴在車上看著街道風景嚷嚷著。覷見飽嘴角的微笑，他不知為何突發奇想繞了過來，管他的呢，阿婆家好久不見！

我並沒有想回來，就算回來了也沒有非得進去不可。我們只是站在外面，看著這十多年來無人再回來的老家，發呆。

我們是被什麼牽引過來的？

循著夢境上樓梯

飽推了一下沉重的鐵門，推出一條縫，兩人一前一後趴在那條縫上偷看。

「啊！」我叫了一聲。

「樑柱掉下來了……」飽低低說。

我們對望一眼，乾脆合力把門推開，飽率先走入，他毫無記憶的包袱，走進去倒是輕鬆。我站在後頭遲疑了一下，隨之才慢慢踏入。

這裡曾擁有豐美熱鬧的風景，自外公過世後便無人再歸來。腐朽的樑木、傾頹的家具、陳舊的記憶，空間裡滿是衰敗散亂的氣息。蛛絲垂掛，落塵渾厚，這客廳昏暗已久，現在才有光線照進來。我穿越客廳中央的飽，經過一連串羅斯密碼，直直走向樓梯口。

樓梯口上方正好有木柱倒塌，我站在那裡，猶豫了一下。還是彎下腰，鑽了過去。耳邊響起母親的萬千囑咐：「鳳仔，樓梯會塌、屋頂會垮、阿婆家很危險，千萬不要進去。」我鑽了進來，上三階木梯到第一層轉角。

我承認外公的書桌和衣櫃對我有莫名的吸引力，我想上去看一看，老人家的遺物，是否一切安好？我想確認那一張書桌，是否可能搬回阿媽家繼續用？所以母親的叮囑並未讓我放棄前進，但在小小的樓梯夾層間，我卻為母親遺留的恐懼止步。盯著樓梯，會垮嗎？我的體重五十公斤，很瘦的，這樓梯承受得起……吧？

倉皇不安裡，那個夢境閃進腦海中——夢見床上的外婆消失了，我掀開棉被，只留存一雙工作手套，白色的工作手套在我發現的同時滾下床、滾出房間、滾下樓梯……。是的它會轉彎，就在這個樓梯間夾層左轉，然後一路滾到大廳去。

我有些怔忡，對，就是這個樓梯！工作手套就是滾下這樓梯的！我盯著樓梯，勇氣不知從哪湧出，我對天上的外公外婆說：「鳳仔愛上去了，愛捀手偓保庇偓喔（要幫忙我保庇我喔）！」就走上去了，正確來說，應該是被吸上去的。

豔陽下的滄桑與哀傷

這不是我第一次進來。

大學畢業那一年回鄉辦活動，我鼓起勇氣，邀夥伴一起去外婆家。彼時外婆家已荒廢數年，但建物主體還算完整。我們走上樓，在外公書房裡的抽屜看到許多被遺忘卻完好如初的物事：照片、獎狀、證明、勳章、書信……，都是外公年輕時的資料。紙張泛黃，陳年舊事，我們若沒有進去，依舊會塵封在裡面的祕密。我記得幾個年輕人幫忙翻尋記憶的樣子，好友指著照片說：「妳媽長得像妳外公欸！」但記憶太多了，我只能整理一小部分，小心翼翼帶回家給媽媽，媽把它們都收了起來。因為無人過問，除了媽媽，沒有人知道老家到底多了什麼、又少了些什麼。

已經忘了那天晚上媽媽告訴了我些什麼，但我明晰地記得，媽媽的悵然若失，低低絮語的口吻間，多少隱而不言的悲傷。

第一間房間，是外公外婆的房間。

走道滿是瓦片，外公外婆的房間屋頂已被掀翻。地板塌陷，房間裡的老搖椅不知被什麼力量擠到了最角落，扭曲的形狀像哈哈鏡一樣。上頭還有手織的彩色圍巾，只是布滿灰塵，蜷曲成團。

小心翼翼地走，這屋況已大不如前，地面四處是殘瓦。我冀望有個支點，但抓哪裡都不對，沒有一處是堅固的，如果一直擔憂的話，就會有隨時都可能下墜的錯覺。

一邊走一邊想：這地方曾充滿愛與回憶，卻沒有任何人回來整理。

我們被龐大的恐懼和軟弱淹沒，因為外公的死亡，一個突發的猛爆性肝癌。可是，真的只是這樣嗎？

瓦片散亂，到處都是，我也怕，怕掉下去。但不管了，都上來了，只能一步一腳印，經過第二個房間。

過去媽媽和阿姨們就是睡在這裡，那個布衣櫥還立著呢！布衣櫥的花色我略有印象，裡頭掛有洋裝。我探頭進去，這些洋裝都掛得好好的，為什麼沒人帶走呢？時光荏苒，她們房間裡的東西不知道為什麼愈來愈少，棉被和雜物逐漸消失了，被屋頂的煙塵一層層覆蓋了起來。那些童年和青少年的往事，被埋起來了。

我極盡所能地輕手輕腳，拍拍胸脯告訴自己，不過五十公斤，不會這麼容易掉落。但其實我很緊張，這側走道下的樑柱部分已被蛀空。外公的書房為什麼在最裡層呢？每一次偷跑進來，都得把這長長的木廊道走滿，像某種儀式似的。

午後的陽光讓底端那個房間滿是光暈，長長窄窄的走道，只有那裡透著光。

好吧，好壞都是天註定，跑不掉的，我有這個篤定，不會掉下去。

走進外公書房那一刻，我終於鬆了一口氣，啊，心安了！這裡依舊西曬，很熱，但地板尚稱堅實。外公的書桌躺著一本黑色的書，拿起一看，是《易經》——

外公看《易經》啊。

又重新看了一遍書桌上的書架，從外公讀的散文集摸索他的閱讀愛好，想像那個年代外公坐在這裡看書的樣子。

啊，這個老衣櫃還是這麼新、這麼好，我拉開抽屜，全都好好的呢，真的，到現在都還沒壞。我看著這珍貴的老東西，不願接受它被遺落在這裡，任隨時光翻轉而衰敗。想搬回家繼續用，但走上來都這麼困難了，更遑論搬家具下去。

在另一個老櫃子翻到許多書信。信封上有外公的名，還有媽媽和大阿姨的。字跡瀟灑，猜是舅舅寄回家的。

有些事情，即使物換星移，你還是能在物是人非的當下接收到訊息。外公想必是個嚴謹又多情的父親，才會將孩子寫的信件收得這麼好。

我將之拿取出來，準備帶回家拿給舅舅阿姨，卻翻出一張合照：很老的照片了，外公站在右後方，看起來相當年輕。前頭坐著幾位老人家，都直挺挺的很正式，是外公那邊家族的老照片，幾乎都是不認識的面孔。

我抬頭，窗外陽光正豔。

起初充滿懷念，後來始終感到一股滄桑悲涼。

這哀傷連結著媽媽、連結著我們。長輩始終說不出口，不作解釋。每到這個空間，我就能強烈感覺到，深沉的、無法面對的哀傷。對比外公把所有物件都分類歸整的習慣，老屋的坍塌實在匪夷所思。外公連子女的作業本子和書信都收存妥當，但兒孫卻無所覺察。

如果不走上來，永遠也不會想起。我蹲在那裡細看，一切寂靜無聲，彷彿成了一個結界。

時間從沒有消失過

下樓後，飽站在家門口已等待多時。「謝謝。」我與飽說。

飽指著牆上的老鐘：「可以拿下來嗎？」我看著老鐘，覺得好笑，那鐘幾乎從記憶中銷聲匿跡，飽怎麼看見的？鐘擱置這麼多年，早壞了，帶回去當裝飾嗎？

「修一修說不定會好。」飽說。

我點點頭，時間儘管停了，但有人想愛它惜它。飽摘下老鐘一刻，塵蟎落下，蜘蛛絲被拉斷，我掩鼻後退，飽輕輕拍了拍老鐘。

開車離去時，老鐘卻被忘在阿婆家門外的柱子旁。

回到阿媽家的大院，赫然發現老鐘不在車上，兩人皆有些怔忡。掙扎沒有很久，我們決定開車回去拿。重返阿婆家，我絮絮叨叨著老家衰敗的故事。

「會不會，回去就發現時鐘像白光一樣消失了？」飽說。

這是玩笑話，於我卻意味深長。

時間從沒有消失過，只有我們自己選擇遺棄。

結痂

回媽媽家的路上，我打電話給媽媽，與她說我回阿婆家帶回了一些老信件給她喔，不料卻招來一頓怒斥，母女當下大吵一架。

媽媽在電話裡無可控制的憤怒驚嚇到我，她明確地命令我把那些書信統統都丟掉。

統統丟掉，統統丟掉，統、統、丟、掉。

只因我冒著生命危險上樓，這些好不容易淘選出來的物事，要慘遭二度遺棄的命運？這些書信不珍貴嗎？

一開始軟言相勸。我嘗試說明，想為頹圮的老家留下些什麼，我可以重新整理啊，再歸還給舅舅和大阿姨，那裡面有他們的青春。但母親怒不可遏，她再度下令丟棄：「那些書信太久了，只會生白蟻，都沒有用了！」

我傷心我救得了書信與照片，卻救不了母親和老家，那些曾發生的什麼是我無能了解並錯過的？我逾越了界線，一個小小晚輩，因緣際會回老家，卻做什麼錯什麼。

這個家族，有人願意好好與過去道別嗎？眼淚無聲無息跑出來。

對上一輩傷口的敬重

我向母親求饒、退讓，但她依舊怒火中燒，她用阿婆告誡她的話告誡我：女性無權干涉家族事務她們都無能為力我們小孩子會什麼劈哩叭啦劈哩叭啦……。母親愈是憤怒不解，我的眼淚就愈是撲簌簌滾落。我輩已經看見，也承接了上一輩的痛楚。我只是不忍，阿婆家一日日在風雨間凋零；我只是，不知如何應對上一輩的否認和逃離……。一個小小的外孫女，難得回老家，卻被教導不看不聽不聞不輕易嘗試，明哲保身，我無法被說服。

我想回家，但是回不了。即便外公過世前另建了一棟新房子，在幾乎整頓好的同時，外公也撒手人寰。隨後舅舅將外婆接回市區照顧，那間新房子沒有牽引的力量與溫度，大家也不常回去。於是我總是莫名其妙望向這間老屋，救下老屋是我能力所及的物事，以為這樣能挽回一些什麼，卻弄巧成拙。

我想救外公的書桌和衣櫃啊，但我哭著喊著，突然間不再執著於外公的遺物，突然間放下了這些索求。

這個家萎靡不振，對母親而言，任何參與都顯得多餘甚至是僭越，遑論個人想望。我放下這些念頭，向電話那頭的母親發誓再也不走上去。就這麼與傅家二樓永遠說再見。它會在風雨中凋零，它會完全倒塌，而且無人過問。

「你們怎麼能，任老家就這樣倒下?!」「老人家那麼用心整理保留下來的物件，卻沒一個人去幫他收拾。」我哭喊著，因過於激動，飽一邊開車一邊輕輕拍著我的腿。

我知道說這些話的同時我已逾越了女兒與外孫女的位置。在那一刻，面對上一輩別過頭不視、閃躲與迴避，我感到深深的絕望。

這一刻我才承認，原來這些聲音積壓在心底那麼久了。自那一次拉著夥伴潛入阿婆家二樓就有了的。我深刻記得第一次走入，站在客廳環顧一室荒蕪，眼淚毫無預警地湧上來的錯愕。我錯愕，因為沒想到眼淚來得那麼迅速那麼措手不及，壓抑有多久，湧上來就有多快。

連我都如此。何況媽媽阿姨舅舅們？

喊出來那一刻，我就放下了。

以為為愛進入書房，卻醜態百出。我的一廂情願與其他人的冷漠無感相對應，會不會，其實根本沒有差別？放不下是我，執念太深是我，那些家具那些遺物早被家族的命運決定了，在時光的流裡，它們一直安於它們的位置。這麼想的時候，突然一陣輕鬆——任書房下墜、任老屋倒下吧！交給時間，有一天會歸於平靜，這是對上一輩選擇的尊重，也是對上一輩傷口的敬重。

飽將車子開到了地下停車場，我考慮一下，撿了封收件人是母親名字的信，收進背包。然後走向垃圾場，把其餘書信全扔了。

無巧不巧，回收的工作人員走過來，直接接收，那些書信落入黑色塑膠袋內被綁起來，記憶消失不見了。

「鐘也要丟掉嗎？」飽低低問。我轉頭看他，滿眼血絲，沒有說話。

鐘聲打醒混沌的現在

這件事發生在我們住在花蓮的最後兩個月，那時準備搬回美濃卻還沒搬。飽捨不得花蓮的朋友，我捨不得大山大海。我們趁著回高雄母親家的機會回美濃鄉下確認，這真的是一個正確的決定？

老鐘被二度載走，迢迢載到花蓮。飽將它放在花蓮家中某個角落，很長一段時間裡，我們不理會它。那次衝突鯁在我心頭許久，很久以後，我才敢正眼看那個老鐘。

不知是記憶太燙手，還是真的沒有時間。

一天早上飽難得休假，把老鐘從大塑膠袋中取出，細細擦拭。一整天，他都蹲在那裡研究老鐘的馬達。我不以為意，當戲一樣在看，直到「噹！」一聲，我聽見遙遠記憶中的回音。

以為不會再聽見的，畢竟它消失了快二十年。老鐘的聲音打響了什麼，這個我毫不在意，根本沒什麼印象的東西，怎麼會有聲音？怎麼如此熟悉？

飽專心致志地修理，與老馬達奮戰許久，一會兒買電池一會兒換零件，跑進又跑出：「如果換新式馬達，鐘就不會響了！」他碎念著。我隔岸觀火，看他那麼投入，心裡卻想著：不管我與那老鐘有再多干係，都不足以說服我，老鐘會有什麼起死回生的可能。就像一個被遺棄太久的孩子，怎麼可能繼續活著？

飽花了將近整整一天吧，直到老鐘的分針秒針再度走動，我不可思議睜大雙眼。「噹！」又聽見久遠記憶中的回音。

我看見小時候的自己，坐在外公家客廳的藤椅上，老鐘掛在頭頂，每半點鐘便打響一次；每整點鐘，會打響至滿點數。我看見小時候的自己皺眉盯著那牆，抱怨這鐘怎麼這麼吵，十二點就打十二響是有完沒完啊。

我看見在鐘響與鐘響之間，客廳快速輪轉的一天，外公外婆和阿姨舅舅們的身影進進出出，我們在木椅上看電視吃東西，表弟衝進來吆喝大家到後院去打球……。鐘響敲響了童年，埋藏在身體深處。

但對飽來說，一切就是這麼單純。他珍惜老東西，老鐘修好了，就可以用了。這是飽堅持再接觸不良，也不更換新馬達的原因。舊時代之聲，我甚至以為生命中不存在這一響——那麼仰賴記憶，最後卻發現記憶是空是假。

老鐘的背板壞了、潮了，飽把背板拿掉，自己釘上交錯的薄木片，再上一層淡淡的青綠色的漆。我在他細心繁複的手作間看見自己的傲慢與自以為是，鐘掛在牆上，誰會看見鐘的背板呢？飽讓老鐘重生並且完整賦予它新生命，時間走著走著，打醒混沌的現在，我突然，不再覺得老鐘吵，而感到歲月多美妙。

老鐘重生，周遭一切也跟著熠熠生輝。鐘響時，我會輕輕想起小時候的身影，更新與變動中包含著腐朽衰敗，也包含無數重整的可能。

聽清楚了嗎？時間從未消失，只有我們自己選擇遺棄，或者，欺騙自己繼續活在過去。

飄搖紛擾在這一刻安住

後來，慢慢知道老家在教導什麼。包含頹圮衰敗的阿婆家，和整修改建的阿媽家。

小時候，我最喜歡也最期待的就是回阿婆家玩。外公人脈廣，來往家裡的客人朋友多，阿婆家什麼都有，時時都有舅舅阿姨請吃清冰喝飲料。大過年的晚上，全家人說好吃粄條當消夜，就浩浩蕩蕩、搖搖擺擺走路去粄條店的光景。表兄弟姊妹感情要好，常常一起玩耍一起胡鬧，我和妹妹最愛賴著嚷嚷：「阿婆家好好玩喔！」

對比阿婆家的熱鬧滾滾，阿媽家的親族則苦幹實幹，勤快寡言。孩子們小時候會玩在一起，長大後卻少有往來。阿公過世後，維繫整個家族的支柱就剩下阿媽，阿媽堅持獨居鄉下，老屋破舊，隨著我們長大，爸爸的房間就快要睡不下，逢年過節我們總得從天花板的老鼠屎開始清理，年年都要大費周章地清掃，洗澡也得從燒柴煮水開始。對比阿媽家的勞動和繁雜的家族事務，阿婆家顯得輕鬆許多，外孫女只要負責玩就好了。

長大以後才知道，這世界沒有永恆，許多事情都有其階段性。誰想得到後來爸爸叔伯都回來整修老屋呢？小叔叔退休後乾脆搬回美濃，請已是建築師的大堂哥設計，在老家斜對面蓋一棟清水模建築，成為美濃當地特殊風景。阿媽過世並沒有讓大家從此失去回美濃的動力，老家不知不覺整建周全，爸爸與叔伯因此更有理由回老家。

那一年過年，一群大人在小叔叔新家客廳唱著卡拉ＯＫ，姑姑逗趣的言語引得我們大笑，堂弟非凡的歌藝讓人掉下巴，而嬸嬸和媽媽忙著煮飯張羅，眾人齊聚一堂，妹妹突然轉頭與我說：「姊，整個跟小時候相反了，怎麼會這樣？」

我知道她想起阿婆家，突然有些恍惚。對我們兩姊妹來說，兩邊家族確實有荒謬的錯置感。那些外公過世後隨即荒蕪的一切，瞬間往事如雲煙。是的，風水輪流轉，沒什麼是永遠的。我們只能順著生命之流，細細品嘗家族血脈之間一代一代相承的風景，生命無可預期，無法輕易給定論。

老家的存在看似天經地義，實則充滿奧祕。它可能滿載意義，也可能不值一提。有時，想回的不一定回得去；不願回家的，卻必須硬著頭皮歸來。

夜裡和飽手牽著手去廟口逛夜市，買紅心芭樂回來。飽在阿媽家大院裡吃芭樂，我脫掉鞋子，赤腳在大院亂走，走著走著就轉起圈圈，轉著轉著就跳起舞來……。最後我爬上圍牆，躺平，微微喘著氣，望月。

鄉下的月夜是深藍色的，天空有星星。我翻了個身，側臥看著客廳大門，老家有燈，五張門神福紙在大門燈下，閃閃亮著。

那老鐘將從花蓮繞行東台灣再度被載回美濃，掛在阿媽家客廳的牆上。那鐘陪媽媽長大，媽要是重新聽見那噹噹響，不知會有什麼反應？

太奇怪了，老家有神奇的魔法，無論過去風雨飄搖、無論紛擾爭吵，就是在這一刻安住，充滿歸屬。

區區一張書桌

其實，我需要一張書桌，並不是什麼迫在眉睫的事。

但現在看來，這需求對母親卻有如燃眉之急。搬回美濃沒多久，有天媽偷偷跟我說：「鳳，妳有書桌了，媽幫妳弄到一張書桌了！」

「蛤？」

「外公那張真的沒辦法了，現在我跟大伯問到阿媽的，妳用阿媽的書桌好不好？」

「阿媽有書桌？」

媽媽知道我希望用外公的書桌後，就千方百計思量如何才能把外公的書桌成功「弄」出來。

「用吊的不知道行不行，還要把鐵窗剪掉……」媽媽跟我討論。

「太誇張了，那要叫吊車耶，還要把木窗一個個拆掉。」我覺得大費周章，沒必要為了一張書桌做到這種程度，況且我對外公家的一切已心如止水。真的需要，請飽動手做一張書桌給我，也行。

儘管寫作讓我需要一張桌子，在條件尚未俱足前，我用餐廳的大圓桌、客廳的茶桌都可以；到鎮上的圖書館敲字，也很舒服。

但母親致力於幫我找到一張書桌。那動機強烈到讓我不得不聯想到上一次的衝突，對母親其實造成不小的影響——她耿耿於懷於我的失落，以致現在如此努力找到一張書桌。我極力阻止她去家具店選購，卻沒想到她的行動派和高效率，最後換來的竟是阿媽的書桌。

不識字阿媽的梳妝台

阿媽不識字，我從不知阿媽有書桌。「就是阿媽房間那一張桌子啊！我問過妳大伯了，阿伯說可以給我們，直接進去搬就好。」媽媽說，喜孜孜地。

老人家離開後，兄弟分家，阿媽的房間隸屬大伯分到的主屋，我偏頭想了想，何苦，還跟大伯要？阿媽房間那張桌子，印象中晦澀黯淡，桌板鋪的塑膠墊有許多刮痕，沾黏許多黑色紙膠，相當老舊。我皺皺眉，卻不敢說：我不想要，那桌子又粗又髒。

卻因此想起阿媽坐在那張桌前的樣子。

阿媽很疼孫子，過去在學校拿到好成績或多做什麼家事，每每招手要我們跟她進房，她會從床下某處拿出壓在底下的鈔票，然後坐到桌前，拉開抽屜取出紅包袋，包紅包給我們。

阿媽不識字，她的書桌上沒有紙筆也沒有書，最像書的東西是相簿——阿媽會蒐集家人照片，晚年獨居鄉下，她時常翻著照片回憶往事。抽屜裡呢，最多是藥罐子，還有媽媽和姑姑幫她整理的個人資料、梳子，以及一點首飾。阿媽沒讀書，年輕時書桌就是她的梳妝台，那桌子不知道跟了她多久。要不是媽媽提起，我壓根忘了它的存在。

那時我們還在花蓮忙著整理與打包，媽不管我的咕噥，逕自和爸爸走進阿媽房間把那張桌子搬出來，在大院上細細清整。一邊打電話來說她今天把書桌重新整理、全部擦了一遍，塑膠墊丟掉了，還打算把桌面的綠色水泥漆磨掉。「欸，小歐吉（小叔叔）[1]稱讚這張桌子很好，是檜木的！」媽媽開心地宣告，「而且，這張桌子一直放在阿媽房間，也都沒有人用啊。」

我有些恍惚，劇情瞬息萬變，而且匪夷所思。截至目前為止，已遠遠超乎我的想像與理解了。若非我想用外公的書桌，阿媽的書桌不會出現在我眼前。是，我曾為沿用祖輩物件的浪漫而努力，後來放棄了。沒料想到母親會接棒，她承接女兒的失落，並依憑對女兒的了解，繼續尋找一張書桌。於是阿媽的書桌就從阿媽房間遷移到我們家客廳了。阿媽與外公都是我敬愛且思念的祖輩，不同的對象，都滿載意義，我卻百味雜陳、啼笑皆非。

徒手打磨的那些午后

終於找到書桌了，媽媽像著了魔般，跑去買不同粗細程度的砂紙，連續幾個下午蹲在那張桌前，一點一點「手磨」桌面。慢慢地，綠色水泥漆掉了，露出裡面木頭的紋路。媽媽太投入了，一直磨到手臂再也抬不起來，才驚覺事情做過頭。

「媽，我們有機器！我拜託妳，那個桌面等我們回去處理好不好！」我在電話中忍無可忍，為母親強迫症式的努力感到萬般無奈。尋思，這不捨的心，是否與她看待我一再潛入阿婆家的行徑，並無二致？

我真的不急著非有一張書桌不可，為什麼一切如此失控？這下好了，阿媽的書桌好端端在老家等著，等我們回去，重新打磨上光。

直到我站在這張書桌面前，仔細端詳，才發現書桌與印象中的陰暗破舊大有出入。桌面尚有母親手磨的痕跡，用不可思議的耐心與愛（還有不自量力），磨出一部分的真實。

「齁！我一邊磨，一邊就覺得木頭好香喔——」媽媽在一旁說著，我細細輕觸，木頭的紋路真美。

「但是這裡凹凸不平，我怎麼磨都沒辦法……」媽媽摸著一處說。我定睛一

---

1 歐吉：美濃特有稱謂，當地客家話稱叔叔為「歐吉」、稱姑姑為「歐巴」。源自日語的オウジサン（歐吉桑）、オウバサン（歐巴桑）。

看，發現那是一個節。樹在成長過程中令傷口自動癒合，或長枝條之處，會形成節眼，生長緩慢且密實，通常會成為木頭最硬的地方，對工匠來說不好處理，對樹來說，卻是匯集最多生命力道之處。我拂過那節面，可見清楚年輪，接面處則因剝落而略顯凹陷。

「好美！」忍不住在心底讚嘆。

過去怎麼會一直以為這張桌子又髒又醜呢？要知道，外公的書桌只是一張鐵桌，桌板還貼有帶花的塑膠皮啊。外公博學多聞卻早逝，因此我對他的書桌便產生無限景仰與想像；而阿媽沒受過教育，我根本沒想過那可稱之為「書桌」，那張桌子連結老人家晚年的日暮氣息，空茫孱弱，讓我斷定這張桌子毫無用處。我這才意識到我對物件的價值判斷，原來如此膚淺如此受記憶所左右。

隱而不言的深邃森林

原來是張檜木桌，有完整厚實的檜木板作桌面，抽屜只要拉開，就發散出檜木香氣，隱匿著日治時期或國民政府來台伐木的故事。桌子使用多年了，抽屜把手有鑽石狀的塑膠粒，還有蚌殼狀的鐵片，因更換過，上頭留有洞孔的痕跡。桌腳和桌面都有刮痕，抽屜內層殘餘著水墨筆漬和油印，但我一點也不在意，家族印記是一種驕傲，一代傳一代，我像撿到寶貝一樣珍惜，前後判若兩人。

飽用砂輪機將桌板重新打磨，用海綿沾染自製護木油，一點一點抹上。我再一次擦拭桌子，摘下垂垂欲墜的鑽石塑膠粒，鑽上樟木塊做成新把手。物件有生命，不同階段會展現不同的樣貌，綿長且細密，只看我們如何對待它、珍惜它。打磨過的書桌完全顛覆舊時印象，木紋極美，彷彿走入一座迷人的森林。

只是，等到終於要將它搬上二樓書房，卻因樓梯狹窄，桌子竟無法進入。我站在那裡悵然若失——也許，到頭來不該是我的。

「差一點點而已！」飽冷靜地拿出量尺，依據樓梯間能容納的最大尺寸，再拿出砂磨機，改變桌板寬度。

我一點也不想改變，既不捨又難耐，才發現只有自己一直一廂情願活在過去。周遭的家人都願意割捨與轉換，只有我，固執握著過去不放。

桌板就這麼被削去了幾公厘，飽和爸爸將它搬上二樓，放進我的書房。

我坐在桌前，放上筆記型電腦、文具以及桌曆等，在整理雜物時赫然發現抽屜深處藏有一根細長的針，帶著琥珀色的光澤，不像縫針，卻不知阿媽拿來做什麼用的。

「這是什麼？」我舉起那根針，問飽。

直到現在，我都還記得飽拿起來細看的專注眼神。「髮簪嗎？」我問。

「不是，以前人拿來縫穀袋用的。」飽說。

我一愣一愣地看著他，他哪時懂這麼多？

「收著吧，到時候可以用。」飽說完，轉身走了。

我拿著那根針，兀自發愣。阿媽一生勞動付出，她的書桌沒有任何書籍，最後留下來的東西，是收穀時縫麻袋的工具。爸爸說，那叫「布袋針」。

後來，我每次在這張桌前工作敲字時，都會想到阿媽、想到外公、想到森林、想到老一輩工匠做這張桌子的模樣。我的傲慢與偏見帶給我侷限，隱而不言的愛卻無限擴展。若非時光不可逆，我怎能藉此體認生命的深邃與浩瀚？

阿媽，您沒讀書、不識字，那一點也沒有關係，您的孫女會繼續坐在這裡，記著您的智慧您的氣度，一邊讀書一邊寫字，延續這張書桌的生命。

（攝影／洪璿育）

貳・嗆辣——大改造

環保女侯爵

過去年輕氣盛，能出遠門旅行，克勤克儉，用少少的錢走長長的路。難得回家，卻因家裡窗明几淨、飯來張口的優渥讓我感到百般不自在。環顧一室，各式各樣的家電用品、應有盡有的食物、百貨公司寄來最新的ＤＭ、電影優惠券……，在在與路上風景和相遇的面孔天差地遠。我想念旅途的簡樸曠達，茫然時會自問：「我真的是這個家的小孩嗎？」不然為什麼價值觀差異這麼大？為什麼這個家離我愈來愈遠？我是哪裡出了問題？我愈懷疑，就愈寂寞。家人覺得我自虐，我覺得他們奢華。

在物件取捨間建立生活

後來才明白，爸媽過去胼手胝足，白手起家。當初他們離開美濃到都市討生活，可是兩手空空什麼也沒有。上一輩苦於物質資源的匱乏，省吃儉用、努力工作多年，為的是建立一個溫暖舒適的家。母親說她小時候的夢想是「房間裡有一個廁所」，這樣就不用深夜摸黑出門如廁。我覺得不可思議，才明白我自小就被照顧得極好，衣食無缺，無需貼補家用也無後顧之憂，才有機會遠走高飛，走向世界。

兩代生活條件大不同，爸媽少小離家，是為生存；我少小離家，是實現自我。大學畢業就到美國西部打工、到中國邊疆走訪……，迫不及待離家自立，我著迷於遠方，遼闊高遠的風土、豐富殊異的文化，讓我恨不得在異地待愈久愈好。直到有一天我回來，蹲在老家廚房整理杯碗瓢盆，才發現我要面臨的不只是重拾父親母親的價值觀而已，還有祖父母那一輩的。而我已不若當年心高氣傲，有更多耐性面對不同世代的物件，在其間震盪取捨，理出一個平衡的切面。

但這真的不容易。

比如媽媽蒐集的玻璃杯也太多了吧，爸爸的酒杯也不遑多讓，還有大伯農會發的碗碟、過去拜拜的雜物、塑膠杯碗……，林林總總加起來，也值得我蹲在這裡分門別類清理三天。

儘管是回家，卻必須在家族長輩安排的痕跡裡，打造一個自己的地方。它不是空的租屋，它是老家，不那麼隨心所欲。我把挑選過後的鍋碗瓢盆，一一放進櫥櫃裡，其餘盡數打包。整理的過程告訴我，一個家族的縱深，不一定要從採訪或老照片著手，物件會說話，它們藏有許多符碼、許多祕密。

若不是因為搬回來，我不會捲起袖子，整理老家。爸爸排行老二，分家後我們沒有廚房，能幹的母親把倒塌的菸樓改建，變成一個寬敞明亮的現代廚房。有隔間、吧枱和玻璃櫃，還有亮晶晶的大理石枱面。只有餐桌是一張五十多年的檜木圓桌，因愛惜古物的小歐吉強力說服，母親難得回外婆家搬回這張餐桌——據說是外婆的嫁妝。除此之外，一切新穎，電鍋烤箱烘碗機一應俱全，鄉下的廚房，也有完全變革的一天。

而生活習慣從中建立，那些關於要不要使用塑膠袋、要囤放多少保鮮盒、冰箱分層怎麼使用、垃圾如何分類回收、隔餐飯菜留與不留……，我才發現在外生活多年，我的生活習慣已與父親母親大相逕庭。

扮演一名環保風紀股長

基於喜歡大自然老愛往山裡水邊跑的性子，我成了塑膠袋重複使用狂。不愛一次性使用的東西。之於塑膠袋、保鮮膜等取捨，我總是斤斤計較，這習慣在回家之後，對爸媽來說成為莫大的挑戰。

母親每每從高雄市區回美濃，總會興高采烈帶肉帶菜，卻會在大包小包走進廚房後，遭女兒質問：「為什麼又用那麼多塑膠袋？」她也學會皮笑肉不笑：「哎呀又忘記帶購物袋了。」全家人不管我振振有詞或雞飛狗跳一再強調塑膠袋的任意使用對環境會造成多大負擔，都不會有人認真回應我。好吧其實根本沒有人理會我，只是基於對我的愛，在我碎碎念時會「喔」一聲，但總是左耳進右耳出。

我習慣把塑膠袋洗淨晾乾，一天晚上妹妹洗好塑膠袋，問我要放哪？我說推門出去掛窗外，妹妹一聽要出門，即刻打退堂鼓：「那我放櫥櫃上就好了。」我瞪了她一眼，她打哈哈離去，如此不了了之的結局，繁不勝數。

一次妹妹約我們去逛夜市，出門前看我煞有其事地自備數個保鮮盒，用購物袋提著，她悶哼一聲，不忘取笑我。我們在夜市裡東吃西吃，她看著我在每一次的購買中舉起手向小販說：「請幫我裝進這盒子裡。」每一次不厭其煩地說：「不用塑膠袋。」然後在最後要回家時，妹妹才像發現新大陸一樣地看著我：「姊，好厲害，真的沒剩什麼垃圾耶！」

我驕傲地抬起下巴，但回家後，依然是我走我的獨木橋，她過她的陽關道。妹婿因此賜封我為「環保女侯爵」，弟弟對我此類稀奇古怪的行徑多以嘲諷伺候，這種種「失序」的行為令家人無奈又大開眼界，但全家就是有辦法井水不犯河水地共同生活在一個屋簷下。飽呢，當然必須站在我這邊！

於是，家人回來時，家中時不時就能聽見我插腰的怒吼：「齁，又買飲料！」「這要回收啦，不能丟在垃圾桶裡。」「塑膠袋不要揉成一團丟掉！」「用保鮮盒就能取代夾鏈袋……」我其實不願當黑臉，卻不知該如何取得平衡，困窘於自己的嚴肅拘謹，像不近人情的風紀股長。一直幻想哪天要做 PPT 跟全家人報告重複使用塑膠袋的重要性，卻不曾真的做過。

尤其這裡是鄉下，鄉下人用塑膠袋不眨眼，夾鏈袋更造福了無數手作好食的婦女們。別說自家人了，還有伯父叔叔阿姨嬸嬸們，我要管到哪裡去呢？我是否只是自己跟自己為難呢？一個小動作，真的有那麼大的差別嗎？

於是我會摸摸鼻子，把外頭晾乾的塑膠袋收回來，整理後放好，需要時，家人自會取用。

失效的舊日生活經驗

這裡不是每天都有垃圾車經過。每週有三天可倒垃圾，卻只有一天可處理回收。我大驚失色，那如果當天不在家，不就要半個月才能做一次回收？「這裡是鄉下！」媽媽強調。鄰里早習以為常，彷彿我小題大作。

「這裡是鄉下。」彷彿變成了某種特權，什麼都可以此為令牌。

可是南方盛暑啊，垃圾經常放不到一天就飛蠅嗡嗡繞旋、螞蟻爬滿地，惱人至極。我和媽媽曾為廚餘和垃圾起過多次爭執，起因於我習慣蒐集生菜果皮，埋到後院土裡作堆肥；未滿的垃圾則統一用一個塑膠袋集中。然則自己工作外出時，體貼的爸媽會回美濃陪飽作伴，媽媽看不慣廚餘和垃圾不綁起來，她習慣餐餐都用一個塑膠袋封好，一小包一小包，清楚斷絕果蠅和異味，等垃圾車前來再一次出清。

我看不慣媽媽因便利用那麼多塑膠袋，媽媽看不慣我累積廚餘垃圾惹來蠅蟻。

母女溝通比婆媳更直接狠辣，我們用自己的方式不停跟對方說教，卻始終沒一個人低頭。

直到有一天，我發現廚房放不到兩天的垃圾桶，蓋子內側爬了蛆，憋著氣把垃圾桶刷洗乾淨，在陽光下晾乾。才靜靜細想，半自給自足的減塑生活，對老家來說太勉強了嗎？之於傳統一輩和新世代，各有各的考量，立意皆好，卻站在非黑即白的兩端，拉扯彼此……。那，有沒有一種生活方式，讓年輕人彎腰、年長者認同，兩方都把固執打開，攤曬在家鄉的土地上，一起朝一個共同的方向努力呢？

除了重新習慣與爸媽一起生活，還要適應原鄉種種。如鄉下的垃圾車車速奇快，你把垃圾都整理好放在門口，就等垃圾車來，卻在聽到垃圾車後出門，見垃圾車呼嘯過大門，你瘋狂奔跑，追問為何不停下來，垃圾車上的清潔人員回答：「現在垃圾不落地（所以落地的垃圾他們不接）。」你傻傻睜著大眼睛，想念過去定點停留等待的垃圾車，才發現城市生活也有貼心片刻。好不容易等到一週唯一的那一天，左等右等才看到回收車慢悠悠開過來，其悠閒大異於高速行駛的垃圾車，你煞有其事抬著一箱回收物給回收人員，驚見後方空曠的車廂，這回收業績實在堪憂，幾個禮拜觀察下來，你確定，鄉下人不太需要回收車。那玻璃瓶寶特瓶都到哪兒去了呢？是不做回收？還是讓老人家撿去了？

我茫然無頭緒，依舊不了解美濃，那些過去在花蓮鄉下生活的經驗完全無法予以加持，生活裡時不時撞見那些不以為然，與其他人抗衡，然後悶聲承接自己的偏執。

從爭執中探測彼此的柔軟

一向不吹冷氣，算一算也十多年了。最初始於沒有經濟能力，到後來成為習慣。我喜歡我們不仰賴冷氣而活。

但溽熱的夏天可不是人人禁得起。我們做好心理準備，在睡午覺時遇到難關。老家二樓西曬，熱空氣出不去，連電風扇吹出來的風也熱烘烘的。想洗個冷水澡沖涼，水龍頭流出來的水也是熱的！務農的飽需要休息，渴望涼爽的空氣作伴，怎麼辦？

我們不願裝冷氣，左思右想，決定犧牲屋頂。請母親找來鐵工師傅，在屋頂上挖洞，做兩個排熱空氣的出風口——那真的需要壯士斷腕的決心，向完整的屋頂告別。我們跑到圍牆之外，看三個剛裝上去的旋轉抽風扇像帽子，圓圓大大在屋頂上旋轉，搞得自己家像工廠一樣。過午時分，我和飽上二樓，欣喜地發現一、二樓溫度差異並不大，破壞屋頂結構後，屋內的空氣終於得以對外流動，讓室內溫度迅速得到緩解。飽點頭表示滿意，而我只要想到這是「跟風合作」的結果，就開心地蹦蹦跳跳。

好幾天，我待在二樓書房走上走下，感覺天花板上的祕密武器快速輪轉抽換冷空氣與暖空氣。

然而好景不常，時序進入六月中，天氣愈來愈炎熱。我無法再長坐書桌前，三不五時就躲到鎮上圖書館用電腦，直到有天飽向我承認，他的午覺時常伴隨著汗水，睡醒反而頭暈。媽媽說：「裝冷氣吧！偶爾吹一下比較舒服啊。」這回飽沒再吭聲，我瞪大了瞳鈴眼，想著氣候只會愈來愈暖，北極熊就快無家可歸，要舉旗投降嗎？

「我不要！」倔強地努起嘴。

「如果阿飽都不好睡，那哪天你的公公婆婆來、你朋友帶小孩來，他們要怎麼辦？」媽媽說。

裝冷氣的師傅帶著兩個工人來家裡那一天，我癟嘴一個人生悶氣，卻不知向誰發去。最後不僅要花大錢，還將成為加速氣候暖化的一員，為消耗更多電每個月還要多掏腰包。愧疚、委屈、無奈混雜成大片烏雲，全天罩在頭頂。

為了這台冷氣，因應二樓特殊的格局，工班裝了整整一天才完工。他們認真工作的態度令人敬重，移轉了我的注意力。

奇怪，我到底在困擾什麼？這期間，每個人都盡力了啊！新裝冷氣機之後，試運轉時氣溫降到二十三度，我冷得直打哈啾，瞥眼見外頭炙熱的陽光……，恍惚覺得自己像做了場荒謬的夢。

裝都裝了，難不成不用嗎？開冷氣那一夜，我們調溫二十八度，定時三小時，加開電扇便感到涼爽，舒舒服服地睡了個覺。隔天醒來，我才恍然，一夜好眠也是我的需要。為破壞環境衍生的自卑、和睥睨文明而出現的自大都不是真的，返鄉生活一點也不浪漫，充滿瑣碎待理的細節，倘若伊甸園不在遠方，就是此處，適度使用能源、珍愛能源很重要；如何讓家人放心、讓彼此安住，也是我該好好學習的吧！

衝撞、掙扎和抑鬱都是必經，過程就是禮物，我從中看見自己的渴望與缺口，家人也看見他們的。很多時候看似互揭瘡疤，但其實是我們的存在替補了對方的不足。多年後再度同處一個屋簷下，我們在爭執中探測彼此更多的柔軟，驗證生活諸多的可能性。這就是回家，南方的老家，紮紮實實，不由分說，包含豔陽和暴雨、理想和困頓、厭恨與愛，沒一個逃得掉。

多餘的重量

從小，我是家中的收受者。因不喜浪費，家中媽媽和妹妹淘汰的衣物，我都會撿起來，自己穿或送人。卻不知不覺令媽媽和妹妹產生慣性——只要衣服不穿或買了根本沒穿，自然而然，她們會想到移轉給我。

後來，連爸爸和弟弟也加入。通常是媽媽眼尖看他們不用可惜，特別整理好拿給我，那些帽子、拖鞋、保溫杯、襪子……，都會流向我這邊。偶爾，多餘的物資確實有幫助；但更多時候，連我也不知道怎麼處理愈來愈多的東西。我變成一個人型儲物間，愈發沉重直到我不堪負荷。除了物件風格不適合我，也是長年行旅和登山使然，我鍾愛精簡度日。

為了安置失重的自己

後來學會拒絕。我不能再繼續囤積，一味收受並不會讓始作俑者學會節流，他們把東西清除後，會繼續購買新的。有一天我昭告天下：「不要再買衣服了，我們只有一個身體！」一家人連連點頭稱是，但過不了多久，又故態復萌。周而復始，沒完沒了，成為某種循環、某種病症。

想當然爾，回家後，許多物資蜂擁而至，加以過去收受的，積成一座小山。平時不在高雄眼不見為淨，這回得硬著頭皮面對。媽媽忙不迭把那些爸爸在百貨公司買的襯衫衣褲都整理起來，矛頭指向女婿——連飽也加入收受者行列。考慮乾脆在他們不知情的狀況下統統捐出去，朋友竟在此時邀約擺攤，年節將近，他們要辦一個「痛定思痛」市集，結合農夫農作、手作好食，還有二手好貨大清倉。

擺攤於我們並不陌生，這回飽能一如花蓮時期繼續販售他的手工麵包與農作。我呢，看著眼前積累的多餘，此時不出，更待何時？

我翻出媽媽的紅色舊皮箱，把衣服一件件放入。一邊放一邊想，到時要怎麼擺設？自己也有不用的東西和不看的書吧？隨即到衣櫃檢視，發現旅途多買的圍巾、別人送的藏飾、長輩送的襯衫……。拿起一件深灰色的連身洋裝，想起這是多年前媽媽的心意，她有感於我參加喜宴總無正式穿著，偷偷到百貨公司買下灰色洋裝給女兒，殊不知女兒皺著眉試穿後，只回了她一句：「這不是我。」

灰色洋裝的布料又細又挺，明白彰顯一個母親對女兒的愛與期待。多少年了，我就只穿那一次，想不到這件灰色洋裝還掛在衣櫃裡，保存這麼完好啊！我坐到書桌前，為灰色洋裝寫下故事，做成吊牌，標價的同時，我祈求母親原諒。

那個下午，我埋首在物件的整理中，發現每一個物件背後都有故事，只是閒置太久失去溫度，就沒了生命。那些過去拿在手上孜孜不倦的旅行書，而今都鋪上一層厚厚的灰。我一本一本擦拭乾淨，感謝它們曾經相伴，然後，手繪一張告示牌：「自由取閱」。

不逛街的我，一向跟不上潮流，從未想過自己有一天會擺攤賣衣服，只為安置失重的自己。

被使用才有靈魂

這天，搬了竹子、繩子、籐籃和皮箱下車，前夜下了滂沱大雨，準備前置場布時，攤桌合板積水嚴重，飽擔心厚厚的雲層持續落雨，想不到老天爺許給我們一下午的暖陽。

南方金黃色的陽光，穿過葉子篩落細碎的黑影。飽用竹子搭起衣架，青綠色的竹子還有微香，掛上一件件衣服的同時，歲月流光在眼前走過：媽媽站在房裡舉起淺咖啡色的真皮外套：「鳳妳會不會穿皮衣？弟弟買了沒穿幾次，牛皮欸，超級保暖的！」「還有這件羊毛衣，唉現在身體對毛過敏，沒法穿了好可惜……」我拾起一頂橄欖綠的 NIKE 毛線帽，掛在竹頭，想起當年迷上嘻哈風的妹妹；再拿一件手染外衣，套上衣架，看見多年前在雲南古鎮行旅的自己。

物件是有生命的，被用才有靈魂。希望它們今天遇到有緣人，再度被疼惜。我有些忐忑，望著大街上稀稀疏疏的人潮，有人會來看一眼嗎？

我只是不明白，為什麼大家汰舊換新的速度那麼快？我像個老阿嬤似的，時常舉起手：「啊，別丟！」卻又為囤積感到困窘。什麼時候當街賣起衣服和包包來，自己也覺得可笑。自我們學會獨立上街買東西開始，媽媽不只一次耳提面命：「千萬不要買人家用過的，我們有錢買新的！」「為什麼？」我問。媽媽沒有回答，我卻從她嫌惡的神情中覺察她憂心物件的過去。物件會記憶、有溫度，她恐懼來歷不明的物件，「新的」象徵優越，也保證安全。

於是當我向家人告知我要賣掉這些多餘的衣服囉！媽媽就驚慌失措地不停追問：「不好吧，那些東西能賣嗎？」弟弟大笑：「媽放心，那些東西不會有人買的！」他們看好飽的手作好食（今日飽用自栽黃豆和米做黃豆醋飯糰，還有清早出爐的麵包），聯合勸我別瞎鬧了。

我練就一身充耳不聞的本事，細細撫觸每件我們曾動念丟掉的東西，認真為每樣物品標示來歷。

就這樣，牛角梳賣掉了、斜背包賣掉了、圍巾賣掉了、書被取走了……，直到一位大哥駐足在那件皮衣前，拉起袖子撫摸。我瞪大眼睛，努力持平口吻：「那件是真皮的喔，冬天超級保暖！」心裡頭大喊原價五千只賣五百快下手啊！大哥看了看我，與旁邊的女士討論，隨後離去。

我並不失望，因為真的有人碰它。

「哇，今天是紅豆麵包耶！」我抬頭，竟是妹妹。擺攤地點離家不遠，他們來探班了。隨後看到爸爸和弟弟走來，媽呢？我張望著，才看到媽站在那成排的衣服間皺眉，我心瑟縮了一下，故作輕鬆地走上前，搭上媽媽的肩：「太太，妳看這些衣服，終於重見天日了！」

「女兒，妳太過分了吧，這件衣服也拿出來賣！」媽媽拉出那件灰色洋裝。

「呃，妳記得啊？」我的笑容有點僵。

「廢話！」媽瞪著我。

「別這樣嘛——好多年了，我都沒穿啊。」我絞盡腦汁想安撫母親，卻聽見弟弟怪叫。

「有沒有搞錯？這件皮衣還在！」弟弟像看到什麼外星生物一樣。

「那是我拿給姊姊的。」媽媽回答弟弟。

「姊，這一頂，好像是我國中戴的欸。」妹妹盯著竹頭上那頂橄欖綠的毛線帽，瞇眼凝望的神情如墜入五里霧的夢。

我清楚聽見弟弟的噗哧，彷彿在看一齣荒謬無比的鬧劇：「誰會買啊？」他轉身搔搔頭，對我的不按牌理出牌無可奈何，嘆了一口氣。

我卻在他那一聲長嘆裡捕捉到一絲矛盾的關心，如同母親，他們無法認同，又期望擺攤順利。因為我是他的姊姊、她的女兒。

你看著你的家人站在那排衣服前走逛，觀望他們遺留的物事，瞇眼凝視的瞬間陷入久遠的記憶，那些忘得精光的，也許其實都記得。

一位年輕女孩挽著一個阿姨走到攤位前，駐足盯著那頂橄欖綠毛線帽。女孩取下，戴在頭頂上：「媽，好看嗎？」阿姨點了點頭，女孩找我結帳。「謝謝妳！」我向女孩彎腰道謝，女孩離去時，帽子在她的食指上轉著。

「老弟，把你的下巴合起來！」我經過弟弟身旁低喊，他無比驚愕，一隻手舉在空中好似要爭辯卻發不出聲音；媽媽的眼瞪得老大，為方才的景象感到不可思議，或許，還有一點點竊喜。

我會深深記住這一刻。

是的，你自小就是這個家的怪咖，只會為大家帶來麻煩焦慮，你告訴自己不被認同沒有關係，但你不得不承認，你多渴望他們理解。有一天，當他們走進你奇異的世界，你鼓起勇氣向他們展露你身上殊異的色彩，看他們傻愣愣收受各種光怪陸離——是的，他們會收受，再如何不同，你也是這個家的一分子。

媽媽湊到我跟前，扯著我的袖子：「真的假的……」

妹妹拿起一片樟木隔熱墊，驚呼：「飽哥做的？」我與妹妹分享，那是去年夏天颱風過後，在花蓮租屋附近搬來的樟木樹幹喔！

爸爸貪玩，市集入口處有街頭藝人展演，旺盛的好奇心讓他跑到圍牆邊目不轉睛盯著貓女。一會兒又跑來：「很好看欸！」隨即向媽媽討點零鈔。

「哼，要不是鳳鳳在這邊，我們根本不會走進來！」媽睨了一眼老爸。

家人們離開時，我看著他們的背影，倏忽覺得時光如長河沖刷，家被愈洗愈亮。何時母親不再抗拒一雙高學歷的女兒女婿在外抛頭露臉賣麵包、賣衣服的呢？當我不停叨念抱怨只有我是收受者的同時，是我忽略了家人的包容，他們不是沒有收受，他們收受的，是我們的選擇。

彼此挑戰、抵拒、撐腰、收受

一位似曾相識的男士走來——稍早來看皮衣的大哥，這回他果決地帶走了那件皮衣。

連自己也想不到，我感到如夢似幻。在家人們逛了一圈再繞回來時，我告訴弟弟他的皮衣賣掉了。弟弟瞬間倒抽一口氣，這世界也太荒唐！

媽媽蹲在她的紅色皮箱前：「咦，這我的嫁妝欸！妳從哪找出來的？」我只是拿起皮箱裡的物事：「媽妳看，這是親家母車縫的手工布包。」

婆婆過去是裁縫師，與飽一樣習慣用手工表達自己，她見我們會擺攤，便車縫許多布包給兒媳，說：「賣了就給你們。」媽媽從她的嫁妝裡取出婆婆的手藝細看，她從沒在小市集這麼認真看一樣東西過。她一件件細看，想著哪個包包自己可能會用，只因是親家母做的，用來別具意義。

媽媽最終沒挑到適合自己的布包，倒是另一位阿姨相中一個花布提袋，向我砍價，我勉為其難妥協，折價二十元後她乘勝追擊繼續下殺，毫不留情。我想著婆婆在裁縫車前埋頭工作的樣子，有些不平、有些委屈。也在對方凌厲的氣勢下驀地想起過去的自己：年輕時在異地遊走，我買東西也曾如此兇狠——原來是這種感覺啊！最終我告訴那位阿姨，對不起我不能賣，這裡不是菜市場。

待那位阿姨離去，母親立馬湊上來，無比氣憤：「哪有人這樣的！這可是親家母自己車的欸，誰差那十幾二十塊！」

我笑望著母親的入戲，午後陽光美極。是，我確實在意東西賣出與否，但還有比做生意更重要的事。生命何其奧祕，安排我們緊緊相繫，彼此挑戰、彼此抵拒、彼此撐腰、彼此收受。

當晚，我蹲在房間清點東西，堆積如小山的衣服不見了，剩下那麼幾件，那些長久積累的收受瞬間蒸發，頓時身心舒暢輕盈，一股淡淡的滿足湧上。

從來不知道，擺攤可以這麼豐盛。

媽媽打電話來關心：「麵包有賣完嗎？妳衣服最後賣得如何？」

「還可以啦！不過媽，妳的衣服，倒是一件都沒賣出。」我很惡毒，故意說得不痛不癢。

媽媽一時語塞。

「以後少買點衣服，慎選啊！」女兒苦口婆心，再次規勸。

隔日早上，姑姑興沖沖提了沉甸甸一大包過來，說她整理了好久，衣褲都還很新，統統給我拿去賣。

說好的舒暢輕省，保存期限短得令人泫然欲泣。

從老家到新家

鄉下作息早，六點前起床，刷牙洗臉後走進書房，攤開瑜伽墊，靜坐一會兒，然後舒展身體。

一個深呼吸，環顧一室，恍如隔世。

書房

書房很大，在老家二樓，過去這裡是菸樓。在阿公阿媽那年代，是晾曬菸葉、守夜控溫的地方。曾聚集大量勞動，人來人往，搬上搬下，農用品散落，泥土抖落，橫樑都被煙燻得黑黑的，悶熱雜亂。想起大歐吉（大叔叔）提及童年採菸葉交工的場景，「想到就，心裡抗拒。」他說。

沒有任何人想到，有一天，會有個孫女，把這裡當書房，天天在曾鋪滿菸葉的橫樑上，做瑜伽、跳舞、寫作或閱讀。

當初改建時，師傅保證曬菸葉的橫樑絕對不會垮，母親於是保留橫樑，直接在其上鋪設一層厚厚的木地板，這使得在書房裡走動時，能感覺下方是空的，不像水泥地緊實。空響的地板提醒我橫樑的存在——這裡曾是菸樓，是阿公阿媽養大父親五兄妹的工作室。

我未曾參與菸樓時代，在孫輩紛紛長大成人後，阿公也結束種菸的工作，家裡睡不下，這層樓就改建成房間。那時省啊，鋪上最便宜的合板，簡單的壁板隔間，釘上板床，成了房間。我們擠在一起睡覺，常睡到滿身大汗，愈睡愈昏。我受不了這裡的緊窒昏暗，寧可跑到爸媽房間和弟弟一起擠，也不願再來。

撇除睡覺不說，曲折的隔間讓這裡顯得神祕，小時候常在這裡跑上跑下，陰暗的光線、悶熱的空氣讓探險遊戲更加刺激，那時我不曾想過有天我會長居於此，把隔間打掉，成為自己的書房。

記憶擾人，那便宜的壁板猶存，發黃的線條讓我想起過去的緊窒陰暗，買了水泥漆，用白色與藍色刷成大片漸層如海的牆面，把衰敗的痕跡蓋上，唯恐過去的悶熱再度襲來。我一直記得自己站在那裡，拿著油漆刷盯著那面牆，猶疑著到底該覆上什麼樣的痕跡，屬於我輩的，這世代的大膽年輕。

那個午後依舊炎熱，我刷著刷著，讓這裡一點一點沾染上自己的氣息。我並不知道刷完是不是更好看，但我必須嘗試更動，翻轉過去，這是我們的居所。大片漸層的藍完成後，我想起年輕時期浪遊的太平洋東岸，掛上一幅當年一個排灣族藝術家朋友為我們提的字畫：「浪廢人。」飛揚舞動的三個字讓人摸不著頭緒，在這傳統保守的山城小鎮間顯得那麼格格不入，我卻感到心安，找到交融後的歸屬。

其他三面牆，分別刷上淺灰色、深黃色，留一面原本的塑料板牆，將其切割開來，留住光線，讓風進來。我掛上在中國邊疆旅行時買的藍染布、花圍巾，風來時，能見旅行的記憶飄飛。老眠床是懇求媽媽留下來的，她覺得客家老床占空間，豪氣地說把眠床扔了，買張新的雙人床送我們。我費盡力氣溝通才留住兩張老眠床。一張是爸爸的，我從小睡到大；一張是大歐吉的，鋪上榻榻米再擺上方桌，可以在上頭泡茶。空曠的床底下成為儲物間，放有當年我睡過的的嬰兒床。父執輩鍾愛簡潔輕便的嶄新被褥，只有我們，寧可耗時費力學古人在大院上打棉被，也要繼續用阿媽的花布床單。

老衣櫥上的囍字早已曬得花白，衣櫥門上貼的白皮也泛黃了，這是外公給媽媽的嫁妝，囍字貼上去時，我都沒個影兒！飽將他的衣褲一件件吊掛進去，而今是他的衣櫥。梳妝台呢？我一看到就想起小時候習慣把紅包收在左邊第二個小抽屜裡；第一個小抽屜，還有不知哪一年過年留下來的撲克牌……。我不化妝，但梳妝台也留下來了，推開玻璃門不再是母親的保養品了，我們置入衛浴備用品，下層大抽屜可以放冬衣。

唯一讓我顧慮的是一套暗紅色的木桌椅，因體積龐大曾動念清到儲藏室，這回倒是媽媽強力挽留：「這是妳一出生就在爬的椅子欸！記得妳剛出生那幾張照片嗎？當年我跟爸爸在家具行挑了好久忍痛買下來，到現在還好好的沒壞，妳不要？」我在母親眼中看見和自己如出一轍的影子，嘆了一口氣，和飽重新調整二樓臥房的擺設。最終，我們竟一件新家具都沒有添購。

這些家具早已過時，但都能繼續為我們服務，細細整理它們的同時，我嗅到發黃的童年，甚至能想見母親剛嫁過來時的場景。整理老屋耗時又費力，卻心甘情願，每一次重整都像在翻閱一本巨大的老相冊。

爸媽見我們把老家具都留下，有些困惑，更多是欣慰。因為有共同的信仰和記憶，爸媽協助整頓也不遺餘力。尤其是爸爸，極其投入，每次回來一定掃地，上上下下將地板都拖過一遍，直到滿意為止。你能從他勤奮打掃的面容中窺見他的情感，這裡有他自小到大的辛苦快樂——我住在爸爸的歸屬之地。

書房外樓梯口的窗，還殘餘當初因趕工程滴落的水泥漆。我拿起一塊婆婆車好邊的碎花布，請飽拉上做成窗簾。在窗邊彩繪一棵樹，起先，只是飛舞的樹葉，後來，牆角的H型鋼刷上咖啡色成為樹幹。有了主幹，就有分枝，落葉紛紛，灑下了窗。畫到一半時，在樓下做木工的飽走上來拿東西，看了一眼這牆，說：「要是一株茂盛的樹。」好的，那麼就開枝散葉吧！葉子紛紛長了出來，卻愈畫愈緊張，要怎麼生出一株茂盛的樹？天知道我多少年沒畫畫了，何況是畫一面牆。那天我從下午一直畫到入夜，時畫時停，戰戰兢兢，一不留神便杵著發愣。隨後想：不管了，怎麼畫我怎麼高興！

那棵樹完成時，已經晚間十點。我和飽站在書房門口，審視自己覆上的痕跡——我會在這裡遍撒生活碎屑，不知為何感到快樂滿足，因為這是我的老家。

客廳

這幾天，爸爸為一張老照片的去留與我生悶氣。

這裡是我與飽要生活的居所，老家東西太多，什麼都留，我們會沉重不堪負荷。如家裡的老照片，散亂的小照片可以收入相本，但裱框的照片掛滿牆卻不是辦法，該收的要收起來啊！

爸爸堅持，包含大伯抄寫的那幅裱框的《心經》、阿公阿媽模範父母的獎牌、全家福照，以及五兄妹的老合照，一定要留在客廳顯眼處。

我在意空間的美感，若還要置入家用品如電扇、木櫃、衣帽架，就不能什麼都放。但這不是單純的兩人小家庭，空間配置要符合自己想望，還要兼顧家人需求，適度留白成為一種奢侈。

那張五兄妹的老照片，是姑姑結婚時拍的，劉家四兄弟分站兩側，中間是穿白紗的姑姑。這張照片似乎對爸爸意義重大，我摘下來給爸爸，請他拿去他房間掛，但爸爸不願意，他要放在客廳。

類似這種雞毛蒜皮的爭執，在整理老家的同時不停上演，反覆搬演到後來我感到疲累，不由得想念起在花蓮租房子，自在又隨性的日子。「要不乾脆再去外面租房子算了，省得你煩心！」明知不能這樣相比，卻故意說這話激父親。父親閉鎖的沉默，讓我更難過。

老家有上一輩鮮明的痕跡，留與不留、動與不動，先後序位安排不同，事事不是由我說了算。我整理再整理，終日埋首在積累的記憶裡，一再練習斷捨離，當裱框掛得滿牆都是，這客廳便緊窒得讓人喘不過氣來。

飽在另一側牆鎖上一個木櫃，刷上淡彩的保護漆，木櫃的兩扇門是他彰化老家的木窗。與對牆滿滿的裱框形成強烈對比。

我在意父親的在意，老照片在父女的對峙僵持間慢慢凍結，揮別昔日溫暖，我才知道，一樣的東西在不同的年代可能有迥異的溫度。我敬重父親，這個家再老舊，也對他意義非凡。於是老照片掛在那裡好一陣子，直到父親不再憂慮。有一天，我偷偷拿下其中一幅收進櫃子裡，無人覺察有異。緊接著，啟動蠶食鯨吞策略，默隨時光推移，一點一點把老照片撤下，輕觸相框時灰塵不客氣地揚起，我一點一點擦拭乾淨，一點一點收存。白牆出現了，飽釘上自己做的燈架、書架；我掛上乾燥花圈、斗笠……。有一天，爸爸回來了，什麼也沒說，也沒生氣，我們一如以往吃飯，他淡淡說：「客廳很寬敞。」

老家收納的，又豈止滄海桑田。

大院

幾個早上我做完瑜伽，若還有時間，會泡上一杯溫熱的米麩，坐在廊道前慢喝，看望大院。

前方庭園的草長了，母親栽下的樹葡萄結了滿樹的果子，雞蛋花還沒開花，左側拱門上的炮仗花倒是轟轟烈烈盛放，橘紅色的瘦長花形襯以茂密的綠葉，煞是好看。

這個角度是劉家世世代代相望的風景。縱使一代二代三代，幾個世代過去，景象變換，仍然是這個角度。我想到阿媽坐在藤椅上看望這幅風景的樣子。我不用揣摩她的心情，因為我就在這裡，一樣地看望。以一個獨立新女性、一個妻、一個女兒、一個孫女之姿。這都是我，完整無缺的我，無所匱乏的我。

院內大伯母的衣架愈來愈多，因為她要照料的女兒外孫都回來了，除了洗曬衣服和棉被，這裡曬豆子、曬高麗菜、曬蘿蔔、曬過各式樣的農作；此外，也堆疊家中整理出來的紙箱、不用的鍋碗瓢盆、散亂的門板窗櫺……，一會兒出現，一會兒又消失不見。我彷彿看見年輕時的自己，蹲在大院裡看阿媽殺雞似地鬼吼鬼叫、陪媽媽挑菜閒聊、和妹妹打球大笑，或更早以前的某個夜，孩子們不約而同全跳上阿公停在這裡的藍色小貨卡，在上頭蹦蹦跳跳不亦樂乎。我看見許多被自己遺棄的，重新被牽引回來。我以為這大院平時靜悄悄啥也沒有，縮時記憶卻發現，來來去去的晨昏與夜，這裡發生過太多事。

陽光移轉，米麩喝完，飽也從田裡回來了，他用剛採收的黑豆煮了豆漿，豆漿的顏色是澄澈的灰黑色，豆渣揉成一糰像剛出爐的饅頭。盛了兩碗給連假回來的大叔叔與嬸嬸喝，在他們道謝的神情裡，默認與長輩連結的渴望——那些過去急欲逃離的、別過眼不視的、否認甚且鄙棄的，家族剝離脆弱的情感史。

我以為我不需要，原來渴望藏匿如此之深。一股極其隱微的踏實感，自體內悄悄湧現。所謂「落地」，就是這種感覺嗎？

這是我的老家，我的新家。我願我們的駐足讓這裡更活潑、更厚實。每天每天，我穿梭在書房、客廳與大院間，想起從前，然後一點一點刷上新的顏色。家就這麼隨時光流轉，變換容顏，光影細碎間我看見，一條嶄新的大道，向生命深處延展而去。

老爸，你出運啦！

天沒亮就起床，稍事梳洗，走下樓時，飽已經在大院忙了。

「這是今天要插的秧苗嗎？」我問。

飽點點頭，他抱起其中一捲秧苗，搬上車。

過去飽在花蓮種田，我對插秧並不熟悉，總是聽說，未曾動念參與。但這是父親的地，自有一股動力推著我上前，尤其今天是重要的日子，是爸爸的田交到我們手裡後，第一次插秧。

我看著滿地的秧苗，有樣學樣跟著飽捲秧。柔軟潮濕的秧苗盤有點厚度，我怕一不留心就可能弄壞秧苗，小心翼翼地捲著。「直接捲起來，像這樣！」飽在我身後低低說，他的動作沉穩俐落，速度是我的三倍以上，來回利索的身影襯著天邊玫瑰紅的朝霞，不知為何讓人心安。我還太嫩，動作顯得笨拙，秧苗盤原來這麼重，我從來都不知道。飽都是一個人，獨自完成這些工作嗎？

最後一塊流浪的田

「咚——咚——鏘！」「咚——咚——鏘！」「咚——咚——鏘！」鄰近濟公廟的晨鐘傳來，反覆數次，響徹天際。我眼睛一亮，早上六點鐘，天才濛濛亮，我們比晨鐘還早起啊！像從前的阿公阿媽一樣。不，他們理當更早，那年代晨鐘響起時，他們早在田裡工作了吧。

捲秧一疊一疊，漸漸堆滿後車廂，我們安靜工作，大院只有我們來回搬運的窸窣聲，身體漸漸有了熱度，神智愈發清醒，黯沉的天際出現一抹玫瑰紅的朝霞，雲後躲著金色朝陽。清晨六點半，我們在田裡靜靜等待，插秧機的到來。

我站在田邊，看父親的田。這片田很普通，鄰近有一所國中，後方緊鄰烘米廠，不是一望無際的綠野平疇，沒有花蓮縱谷的壯美，但不知為何，父親的田，就是不一樣，在我心中，它就是很重要、很美。

我們決定搬回來以前，這片田長年租給一位大農，大農以慣行農法栽種香蕉、辣椒等，並外包給其他農工來照顧。我不知道太多這片田的過去，也不甚關心，若非回返，我不會多看這片田一眼。現在卻蹲在這裡，仔細看，水田不是平整綿密的，還殘餘上一季作物（香蕉）的味道。飽說這田移交得晚，沒等香蕉完全腐爛便整地，即便重新打田，土壤仍無法均勻分布，黏粒聚積，一塊塊散落，上頭還參有塑膠袋的碎片。

這些年，這片田有被好好照顧嗎？「會不會影響種稻？」我問。

「沒關係，種種看吧！」飽說。

我看看田、又看看錶，很想現在就跟爸爸說，等一下要插秧了！

爸爸做了三十多年的公務員，自小幫農幫到怕，一旦有機會離開農村生活，只想逃得離田遠遠的。劉家四兄弟有三人，在退休後不約而同還鄉，把田收回來種。只有爸爸，開心農場的田園情懷絲毫動搖不了他，一心只想退休享清福。爸爸愛運動，一有閒暇就去打網球，假日會陪媽媽逛百貨公司，偶爾遊山玩水，他習慣了這樣的生活，未曾考慮更動；媽媽呢？一樣從小在鄉下長大，沒有務農經驗的她，數度提及幼年摸黑上廁所的恐怖經驗，為此立志成為一個都會時髦新女性，市區夜裡會有閃閃街燈，入夢時房間要開小燈，主臥室一定要有廁所。

我的父親母親，怎麼也想不到，好不容易栽培到公立大學畢業的大女兒，會這麼喜歡鄉間生活，還愛上一個熱衷耕種的男人。他們一直以為這兩個年輕人在花蓮只是玩玩，玩累了就會轉換跑道，殊不知種著種著，就種回美濃來了。在他們為浪遊多年的大女兒終於甘願回到身邊歡天喜地的同時，只聽得女婿說：「不灑農藥、不要化肥；要種樹、要曬穀……」還沒來得及消化這什麼意思，便遭大女兒強力灌迷湯：「把田收回來！只剩我們家的田還流落在外，把田收回來，我們自己種！」三不五時就打電話遊說與糾纏，像蒼蠅一樣趕也趕不走。

劉家最後一塊流浪的田，是這麼收回來的。

有時，媽媽捨不得我們操勞，邀爸爸一起回美濃幫忙，爸爸會嚴正聲明：「是年輕人自己要種的，我不要再下田了。」

距離好像因此近了一點點

這天清晨，插秧機尚未到來，我端出火盆，點了火苗，把小歐吉修剪下來的真柏枝葉輕輕蓋上，悶燒的白煙有真柏的香氣，慢慢飄向田。

沿田埂繞走著，左側是大伯的田，飽種下黃豆、玉米和番茄；右側是爸爸的田，等待插秧。我端著小火盆走，白煙陣陣，飄向兩邊，這行徑在傳統農村中詭異又莫名，也許招來村民不解的眼光訕笑，但我就是想這麼做，以表達我的祝福、我的敬重。飽在遠處看著，他平靜微笑的模樣，告訴我這一切並不違和。

日頭昇起，將水田一點一點染成橘紅色。插秧機來了！我興奮地跑向路邊，向開插秧機的大哥問好。睜睜望著插秧機就這麼下水田，來回逡巡數趟——二十分鐘就結束了。排排的小綠秧苗已亭亭玉立在水田中，在風中搖擺……。可是，也太快了吧？不過二十分鐘！我的失落在飽眼裡看來有些好笑：「哪一天，召集朋友來手插秧好了。」他說。

時代的進步讓我們只要撥通電話，就可以打田、插秧、收割，三通電話，完成種稻，跟阿公那時代是不可同日而語了。

從前爸爸覺得當兵很苦，回家跟阿公說，阿公只問他一句：「有多苦？有沒有割稻那麼苦？」彷彿沒什麼事比割稻更辛苦。我很難想像，手割稻與手插秧的勞苦，過去必須靠交工才有辦法完成，現在卻成為大受歡迎的農村體驗活動。

我更難想像，如果我跟爸爸說：「下回你的田我們要試試自己來插秧！」他會有什麼反應？大女兒回來後，爸爸的心臟好像只能愈來愈強，一切皆超乎他的想像，我們不停挑戰父親母親的認知，一如老家不停挑戰我們自身的彈性。

無可否認的是，回家種父親的地，與父親的距離，好像，因此近了一點點。

小時候爸爸很兇，不常在家，三班制的工作讓他與我們的作息不同，而只要爸爸在家，為著他嚴厲的生活準則，我們總是戰戰兢兢。以至於現在我回想起童年時光，父親印象竟有些淡薄。

我長大了，爸爸也老了，當我終於能以成人的姿態面對這個家時，爸爸也不若當年嚴肅寡言了，我才發現爸爸不是無堅不摧的，他有他的脆弱、他的不安。隨著年紀增長，爸爸愈來愈容易碎碎念，有時我不耐煩，跟他鬥嘴，他也不甘示弱，我們便無可避免地從鬥嘴到大吵，媽媽或妹妹忙不迭出面緩頰。我明知自己沒大沒小，但就是無法控制，脾氣一出來就沒完沒了。

多少年了，我仍抓不準父女間舒服的距離，從前過於疏遠，而今卻又因太貼身而如坐針氈。

好在還有土地。父親的土地無聲，默默傳遞著一些訊息。面對它就像面對父親，面對這個自小不甚了解、卻又理所當然存在於生命裡的重量。

儘管翹二郎腿等吃飯吧

秧插好了，還有一些空缺需人工補秧，飽跟大哥一起蹲在水田裡，他們的動作安靜迅速，一撮一撮秧苗被植入水田裡，爛泥沾上長繭的手……。彎腰插秧的身影，重複了千百年，我卻如此陌生，只是呆呆站在一旁看。

金黃色的朝霞染黃了半邊天，朝陽昇起，大地逐漸明亮。多少年後，我才回頭，彎下腰，掬一把泥土，故鄉氣味鮮明，父親在這裡，赤腳奔跑著長大。他的童年辛苦，以至於他不願回憶太多童年，直到我們把地拿回來耕種，直到我站在這裡，看日頭昇起，才明白那是什麼滋味。

那滋味五味雜陳，帶點酸楚、帶點苦澀，夾雜一些天真懵懂、卻又溫暖厚實，那是從前在外地浪遊的我想都想不到的。

站在那裡良久，直到他們把秧都補完了，我向大哥鞠躬，他眼角的魚尾紋因笑容深陷。

老爸，我們插秧啦！但我實在不敢說，會有多少成果。當化肥用地突然轉型、當鄰田都在噴藥、當田邊建起違法的鐵工廠，飽依舊堅持無毒栽種。你看待我們的眼光奇異不解，到底為什麼要自討苦吃、愈走愈回去？是啊，務農辛苦，但這片土地，有阿公阿媽有祖先的汗水，種出多少糧食餵養了世世代代。你說你做怕了，閃得遠遠，但我沒忘，大伯那塊田上一季休耕，是你為我們撒下了田青。那時正逢我和飽出國旅行，媽媽自告奮勇想撒綠肥，但她根本不知道怎麼做，就把你拉下海了。

「齁！你老爸很會欸，他撒的田青都有發芽。」媽媽說。

你對急欲逃離的農務，似乎並沒有生疏，你笑媽媽是假農民，撒了也長不出來。你明明說絕對不插手，但當你走向田，還是那麼熟悉、那麼認真投入。

這一年，田回來了，有子女為你種地，你不需要務農而且準備退休，只管等田裡的秧苗生穀子就好。老爸，別害怕有人逼你下田，儘管翹二郎腿等吃飯吧，飽的菜種得很好，哪天我們採菜回去給你們，那可是老家前院長出來的，子女願為你彎腰——你根本是出運啦！

我要知道我是誰

這年頭開車用手機導航很方便，但若獨自騎機車找路，用手機導航其實有點危險——我就這麼邊騎邊看手機，每個轉彎處，都必須停下車確認一次路徑。

一直記得，一路走走停停、跌跌撞撞確認方向的自己。途經南化、善化、柳營……，都不是我熟悉之處，就這麼背著背包載著帳篷，在山路與鄉間小徑蜿蜒，只為參與台南吉貝耍西拉雅族的夜祭。

不為好玩、不為獵奇、也不是想湊熱鬧，只一心想知道，夜祭是什麼？為自身文化深深扎根、年復一年的祭典，又是什麼樣子？

我像個觀光客似地在吉貝耍的巷弄裡張望，在他們的公廨中跪坐於阿立祖前，看著祀壺裡的澤蘭，在小山也似的檳榔堆中感覺到自己慢慢淚眼模糊，莫名其妙地哭了。為著我好不容易找到這裡，我還是不知道我是誰，忘了祖靈在哪裡，只能四處找相似的場景觀摩學習。模仿吉貝耍人含一口米酒向祀壺噴灑三次，我噴得不好，水霧變成水柱，弄得自己有些狼狽。

夜裡，一個人坐在廣場上看著穿著白衣的少女婦女們唱牽曲，明明人滿為患卻感到寂寥；午夜時分，找一個涼亭搭帳篷睡覺，承認自己的困惑與疲憊；隔日，一個人騎行長長的山路，歸返美濃。看似充實，實則茫然。

最後我才搞清楚，吉貝耍人為西拉雅族，不是我要尋找的根源。依據日治時期戶籍謄本的資料顯示，阿媽的祖先在六龜與楠梓仙溪流域一帶，並非西拉雅族，那裡屬大滿族，又稱大武壠族。

一輩子絕口不提的身世

那是很多年前的事了。我記得我躺在花蓮租屋床上接電話的閒散，與手機彼端媽媽與阿媽的急切全然不同。媽媽代阿媽傳話，說阿媽認識美濃龍肚的鍾家，我鍾老師已故的母親「阿亮仔」，是阿媽年輕時最好的朋友喔！而躺在床上百無聊賴的我一心認定，阿媽一定是搞錯了，人家鍾家可是書香世家，有官員、有教授，她老人家連我和妹妹的名字都分不清，不識字的她怎麼會與龍肚鍾家有關係呢？

我不相信我的祖母與母親。

電話掛斷，阿亮仔的名字卻在腦海中盤旋不去。我想起阿媽聽到我去龍肚鍾家找鍾老師的時候，她激動扯著我袖子要我們念出鍾老師名字的神情。那一張寫了鍾老師名字的字條被她捏在手裡，唯恐風一吹就散。

忍不住打電話給鍾老師：「老師，妳媽媽是不是叫阿亮仔？」天知道我鼓足多少勇氣，才拋出這沒頭沒腦的問句。

其後，「阿亮仔」像一道通關密語，一舉敲開封印多年的百寶箱。阿媽對阿亮仔的念念不忘，啟動後輩如我追溯。鍾老師告訴我，阿媽與阿亮仔小時候就是姊妹淘，兩個女人直至各自成家，交流仍相當密切。「啊，那妳阿媽是平埔族妳知道嗎？」鍾老師不經意的一問，讓我墜入五里霧。其實就連鍾老師自己，也恍如夢中：「想不到，妳是她的孫女啊？」

真相大白，我卻來不及消化所有真相。

阿媽不會說國語，卻有一口流利的閩南話與客家話，我只知道她在美濃少有的閩南庄長大，卻從沒誰提及她是平埔族。

於是你開始對記憶抽絲剝繭，翻查蛛絲馬跡。想起爸爸皮膚黝黑，曾有人懷疑過他是原住民。

那是還可以輕易調出全戶戶籍謄本的時代，我到花蓮的戶政事務所申請阿媽家族日治時代的資料，只想確認有沒有那個字。調出來了，落落長厚厚一疊，我帶回租屋攤開在地板上，一張一張看，那個字擲地有聲，敲響了腦袋。

「熟」，意為熟番，台灣平地原住民，泛稱平埔族。我一愣一愣盯著那個「熟」字，在種族一欄重複又重複。我有些恍惚，白紙黑字證據確鑿，自小到大我卻從沒聽說，阿媽為何絕口不提？

「不是啊！」爸一笑置之，根本不以為意。

「要是妳爸是番人，我才不會嫁他咧！」媽媽說。

我告訴弟弟妹妹，他們毫無反應，完全不感興趣。

阿公阿媽都已不在，我的疑問在家中四處碰壁，只能抓著鍾老師追問更多細節，鍾老師建議我去找我的表舅（阿媽姊姊的大兒子），提及表舅曾研究過平埔族歷史。

表舅？我見都沒見過，這樣打電話過去不會太唐突嗎？突然有些怯懦。調閱資料容易，要追查具體的人事，才真如大海撈針。

爸爸見我追查阿媽的血緣，饒富興味，隨口說阿媽最小的弟弟還健在，住離我們家不遠。那個，我是要叫舅公嗎？我有見過舅公嗎？就這樣莫名其妙跑去拜訪不會打擾老人家？

好麻煩，要知道自己是誰，怎麼這麼累。

旅居花蓮時，天高皇帝遠我有一千個理由可以置之不理；歸返美濃後，這些人事近在咫尺，舅公身上流著和阿媽一樣的血液，他會愈來愈老，時間還允許我再拖延下去嗎？

直到有一天，我巧遇鍾老師的哥哥，忍不住向鍾大哥提及阿亮仔和我阿媽，從他深深的眼裡望見五十年光陰閃爍。「我應該喝過妳阿媽的奶水……」「她們一個閩南、一個平埔，小時候遭客家人訕笑、欺凌，每次看著她們在一起的歡欣時光，我總感到一種邊緣姊妹的珍惜，那種珍惜深至靈魂。」鍾大哥告訴我。

後來，我終於鼓起勇氣打電話給表舅，也拉著爸媽帶我去找舅公。

積滿灰塵的面紗終於被揭開

二〇一六年十一月十五日。

「先生你好，我想調我家日治時期的戶籍謄本。」我交遞我的身分證。

「你想申請誰的？」先生問。

「我想找阿媽的媽媽、阿媽的媽媽的媽媽……」我回答。

先生揚了一下眉。

三年後，我發現當年在花蓮申請的全戶戶籍謄本不見了，再度攜帶身分證到美濃戶政事務所。看兩張薄薄的紙被打印出來，拿在手上無足輕重，卻藏匿家族深遠的迴避與失落。我已不若三年前懵懂，有了更多篤定和清醒。定睛細看，阿媽的父親母親、外公外婆的名字，於焉浮現；其上尚有六龜里、楠梓仙溪等關鍵地名，我默記下來，並要求承辦人員在我個人的戶籍謄本上打上「熟」註記。

「小姐，妳是美濃第一個。」先生搖搖頭。

我不確定我是不是第一個，但顯然這位先生從未辦理過這事務，跑上跑下、東問西問許久還沒搞定。

我坐在椅子上安靜等待，戶政事務所清冷的氣息與冗長的溝通並沒有影響到我。什麼時候我不再嫌麻煩了？關於拜訪親戚、打電話與郵件往返、研讀文獻、google網路、參與祭典、報名課程……，時常，我在自己的懶散和推託間詰辯，但始終沒有放棄，因為這些芝麻綠豆大的小事，都可能推我走向生命隱蔽不為人知的角落──我想知道真相為何需要遮掩；我想知道過去有哪些苦痛哪些委屈，讓人隱忍不言。

長大到三十歲，直到阿媽逝世，我才釐清阿媽是誰。我不要再渾渾噩噩、麻木無感，我要深入自己的來處、探索自己的身世，這是我接觸生命的動力，當我了解以後，我自可以重新選擇我要繼承、拋去，抑或遺忘。

「平埔族」、「南島語族」過去是教科書上遙遠陌生的名詞，而今卻成為一股柔軟切身的力量，讓人渴求接近──阿媽，身為台灣這個島土生土長的原住民族，是值得驕傲、值得珍惜的，血液不會被埋葬，來處不該被遺忘，西拉雅現在已成顯學，平埔族爭取正名早已不是新聞，我們可以抬頭挺胸了啊！

某次爸爸開車載我回美濃家的路上，我在車裡向爸媽昭告這件事。和他們解釋戶籍謄本上的「熟」字是怎麼一回事。真的，我們有平埔族血統，阿媽是原住民沒錯！

「真的？戶籍謄本上有寫？」媽媽怪叫。

「真的！回去拿給妳看。」我說。

「要是知道妳爸是番人，當年我就不要嫁給他了！」媽媽看向老爸，又說了一次。

「可是妳已經生下我們了，妳其實是『番婆』知道嗎？」我抓著副駕駛座，向母親強調。

「難怪、難怪過去我罵爸爸『番仔』的時候，妳阿媽都會用奇怪的眼光看我。」媽媽好似恍然大悟。

我耐著性子與母親解釋番人之所以被歧視，是出於在位者的殖民政策：「太太，妳其實是強勢入侵外來種，阿媽才是正港原生種欸。」我說。

「怎麼樣？我就是番人！」爸爸一邊扳轉方向盤，一邊抬起下巴，突如其來的得意，讓我與媽媽面面相覷。

我偏著頭，怎麼感覺……，爸爸終於出了一口氣的樣子？

回到家後，我把新申請的戶籍謄本拿出來，興高采烈地宣布我註記「熟」了。

誰知母親瞪大了雙眼，覺得我簡直大逆不道。

「麼个（什麼）啊？！全家不會都被妳註記了吧？」我看著母親的吃驚不解，驀地覺得不被認同。那樣不被認同的委屈，也許與當年阿媽的心情有異曲同工之妙。

我知道，這不是母親的問題，她根深柢固的舊觀念——「番仔」意味次等人民，是她那個時代所賦予她的。

我想告訴母親更多，比如阿媽是平埔族分支中，西拉雅語系的大滿族（大武壠族），有看到日治時期謄本上的毛筆字嗎？依據文獻資料，阿媽的祖先應是住在曾文溪岸的西拉雅四大社喔——因漢人來台擠壓了生存空間，遷居到楠梓仙溪的六龜里，輾轉遷徙最後到美濃，混住在美濃少有的閩南庄中，隔壁鄰居就是阿亮仔他們家。阿媽和阿亮仔，是這樣一起長大的。

但我無法說下去，因為媽媽真的很擔心要是全家被註記了怎麼辦？「媽，別緊張，只有當事人主動申請才有，現在全家只有我有註記。」我為媽媽的倉皇失措感到荒謬，也為時代的失常感到難過。

「齁！要是多一點妳這種文化流氓，番人就出頭天了啦！」媽媽把戶籍謄本往桌上一放，薄薄兩張紙甩出清脆的聲響。她沒再多說什麼，只殷殷囑咐我千萬不要鼓吹弟弟去註記，因為弟弟還要娶老婆。

我仰倒在沙發上，吁了一口氣。文化流氓也好，文藝青年也罷，名字不過是階段性的演化，重點是我們都知道了。重點是，那一層積滿灰塵的歷史面紗，終於被揭開，也被我們承認了。

多少未及碰觸的瑰麗祕密

父親告訴我舅婆過世的時候，我正忙著籌備夏日活動的種種事宜。舅婆告別式當天，正是活動開辦的日子。

若不是因為想了解阿媽的血緣而拉著爸媽去找舅公，我不會認識舅婆。

我記得我們坐在舅公家裡，聽舅公用緩慢的口吻訴說從前，舅公話其實不多，舅婆便坐在旁邊，熱心補充。爸爸走上走下看牆上的老照片，媽媽陪在我身邊，翻譯我聽不懂的客家語詞。舅婆的記憶力很好，說起話來活靈活現，許多往事在她嘴裡煞是鮮明。我才知道舅公的（也是阿媽的）外婆從前會在夜裡開壇，為村民做法治病，家裡頭同時供奉神明與祖先。

沒幾個月過去，舅婆突然過世。爸爸說，舅婆的告別式上，他正好與表舅坐在一起，那位我好不容易鼓起勇氣打電話聯繫的表舅，說有本書想交給我。

這些長輩，我都不相熟。只因有著共同的血緣，我們便相親。人們用他們當代生活的身影，一代一代交接、傳遞下去。那樣的身影就深埋在我的血液、我的骨頭裡，而今，每當我興起吟唱或舞蹈時，總會想起這副身軀、這個故鄉帶給我的生命的故事，像一條長河，滾滾向東而去，持續著死亡與新生。老家的祕密深沉而瑰麗，還有多少是我們沒來得及碰觸的呢？

過年時，小歐吉交給我一本書，說是台北表舅託付轉交：一本《高雄縣平埔誌》，民國八十九年出版。

二〇一七年八月十八日，政院修法擬定草案：只要有「熟」或「平埔」註記，便可直接申請取得「平埔原住民」身分。

我再度打電話到美濃戶政事務所，詢問相關事宜。承辦小姐嗤笑了一聲，非常隱微，但我聽見了。

「小姐，那只是草案，還沒確立，現在也不過就是註記而已。」承辦小姐說。

「那麼，正式取得原住民身分後，身分證上會有什麼不同嗎？」

「有啊，身分證上會登記，而且會有該有的權利。欸，我們家其實也是欸，我查過了……」小姐突然聲音放小，像講一個不為人知的祕密。

「是喔，那妳為什麼不註記？」我覺得好笑，看來美濃不只我一個了。

「還沒明朗化啊，註記沒用，那些權利又下不來。等法案確立，我再來申請。」小姐小小聲地說。

「權利？」我突然有些困惑。

「就是政府會給原住民的權利、權益呀……，有確定再去申請，這才有效。」

那通電話直到掛斷，我還是恍神了一陣子。我不知道為什麼這位小姐要等到足以擁有實質權利後才去申請。想知道自己是誰、爭取大眾認同，不是天經地義嗎？族人們委屈自卑了近一世紀，為什麼要有條件才行動？重點不是擁有這個身分會有多少好處，重點是我知道我是誰、我為我自己是誰感到自信光彩啊！

上網查詢資料，發現所有新聞都在爭論山地原住民、平地原住民、平埔族群的界線，當人們爭論政府如何兌現承諾、原民資源是否因此遭分散，我覺得我的世界變成一個哈哈鏡，幻化成無限扭曲與失真的波浪。

「等法案確立，我再來申請。」小姐小小聲地說。

我不想，我現在就要昭告天下！然後跟阿媽舅公姨婆這些長者說：不用躲起來了，我們可以抬頭挺胸了。這樣而已。

參・

暖甜——人團圓

（攝影／林靜怡）

彭城堂
彭城新世
祿閣舊家聲
祿
福

大院開唱

那是很久、很久以前的記憶。

大學畢業沒多久，我因緣際會出國旅行，在中俄邊境遇到一對感情極好的祖孫女，走到那麼遠的地方，看人家祖孫擁抱天經地義，才去想我為什麼沒主動握過阿媽的手？回台灣以後，我對自己承認，想跟阿媽變熟，於是自組一支青年團隊，回美濃辦夏令營。

那個夏天異常忙碌，我們以老家為基地，阿媽每日見一群年輕人進進出出，忙開會忙踩線，直到活動結束。離開前，阿媽坐在老屋餐桌前的圓凳上，一如以往靜候鬧哄哄一群人離去。我彎下腰，與阿媽說：「阿媽，捱等愛歸了喔（我們要回去了喔）！」阿媽點點頭，說好。「阿媽，這個小糖當（很）會唱歌，佢（她）都唱歌分佢阿婆聽，這下唱歌分妳聽，妳講好麼？」阿媽點點頭，說：「好。」

那個悶熱的午後，我們就坐在那裡，聽小糖婉轉唱一曲〈望春風〉。阿媽聽歌的神情溫柔，一曲唱畢，阿媽問：「再一條（首）好麼？」

小糖唱起〈一支小雨傘〉，這歌旋律活潑，唱一唱，一個同學站起身來搖頭晃腦，另一個同學甚至扭了起來，阿媽被逗得發笑，笑聲尖尖的很響亮。

我一直記得那午後的時光，像有什麼神奇的力量托起我們，在那不長不短的時間裡，專心為老人家唱歌跳舞，其實只是隨便揮舞著雙手，老人家臉上的微笑平靜祥和，不知為何，那個綵衣娛親的畫面，就在雞皮疙瘩起來的瞬間，凝結成永恆。

直到我們都遺忘了這個午後，直到阿媽過世、小糖的阿婆過世，我們都沒想起再歌唱的理由。

他鄉

我和飽趁著從花蓮搬家到美濃的空檔，到美國走了一趟阿帕拉契山徑，在旅程尾聲的小鎮中，微風細雨的午後，來到一個露天的棚子底下聽歌。女歌手的嗓音真好聽，輕而易舉撫平我們的疲累，她唱著一些老老的爵士歌曲，襯著細雨，優美慵懶的聲音聽來令人喟嘆。

我起心動念，但現場沒有紙，拿起桌上的餐巾紙就開始寫起來。

雨天有點冷，場子冷冷清清，留下來的人，都是聽歌的人。隔壁桌男士的腳在地上不自覺打著拍子，木地板的震動傳到了這頭。溫暖的歌聲裡想起小糖的聲音，美濃的老家大院，或許也可以吧……

直到我們回美濃，塵埃落定，我打電話問小糖：「要不要來家裡的大院開唱？」

「啊？」小糖一時間無法反應。

「就唱那些妳最擅長的老歌，我去邀隔壁的叔叔伯伯、阿公阿媽，叫他們來聽歌！」

「好。」小糖說。

掛斷電話，坐在餐桌前的飽，低低說：「那要去廟口貼海報，大家才會知道。」

它絕對不是空穴來風、天外飛來一筆，那一聲「好」，花費了漫長時間醞釀，超乎人們想像。

憨膽

我想得非常天真，就拿家裡的小音箱，跟爸爸借他唱卡拉OK的麥克風，找伴唱帶來播放，這樣就可以了吧？小糖卻無法接受，嚷嚷這怎麼行，她要去找小提琴來幫忙。

小提琴？這也太大張旗鼓了，上哪找人拉小提琴啊？「伴唱帶不行嗎？」我有些困窘。「妳會不會拉手風琴？」小糖急了。「小時候拉過，演奏國歌和國旗歌。」我搔搔頭。

一切是這樣靜悄悄開始的。

我硬著頭皮認真思索，別鬧了，我那點小伎倆根本不能上台。

半個月後我到她台北租屋拜訪，過午有人按門鈴，兩個年輕人一前一後提著箱子走進屋。「我們要練唱。」小糖向我宣布。男的箱子裡頭有一把小提琴；女的打開箱子，是一架手風琴。我看得一愣一愣——玩真的啊？

提琴手阿泰比我們都年輕，蓄著鬍子很有型。手風琴女孩叫黃婕，笑起來眼睛瞇瞇的，傻氣裡藏著聰慧，阿泰告訴我們她才剛大學畢業。扳手一算，黃婕與我們，差了近乎一輪。

「我們就是要到她家表演喔！」小糖指著我說，我只能微笑頷首——是怎樣？明明互不相識，這兩位陌生朋友已經決定要到我家演出了。

那個下午，小糖翻出小時候她阿婆愛聽的老歌專輯，舉凡鳳飛飛、白光、鄧麗君、群星大會合輯……。我們趴在地上，嘖嘖稱奇於老舊有黃斑的歌詞本，還有印反了的。阿泰拉起小提琴、黃婕用手風琴抓主旋律，小糖開嗓清唱。三人首度搭檔卻輕鬆自若，那些老歌如〈如果沒有你〉、〈魂縈舊夢〉、〈南屏晚鐘〉、〈夜來香〉……，老到我們平常根本不聽，旋律卻耳熟能詳。自問哪時候聽的，卻想都想不起來。

我們耳熟能詳，黃婕卻不是。問她有沒有聽過？她茫然望著我們傻笑，瞬間懂了——她太年輕。但手風琴是主旋律啊，她必須在陌生的旋律裡抓音，黃婕很努力，憑藉著驚人的音感，慢慢跟上這些昔日紅遍街頭巷尾的歌曲。

我坐在那裡，聽著，只有才華洋溢是不足以打動人的，還要有無條件付出的赤誠，貢獻所能，把熱愛傳遞出去。阿泰的小提琴奔放多情，黃婕的手風琴平穩悠揚，但他們得一段段慢慢摸索，那些當年眾人琅琅上口的歌曲，在年輕的世界裡顯得陌生又疏離，於是小糖反覆反覆地唱——用她的天賦、她對阿婆的思念，串起一切，他們願為此奔赴。

我突然，敬重起這些年輕人。

素昧平生，憑什麼花時間練習摸索，還要想辦法南下美濃，到不熟識人家的大院裡，演奏一堆老掉牙的旋律，獻給不知道會不會有人來聽的場合。我為這些願意和才情臣服，臣服於某股未知的力量。身體隨他們的歌聲樂聲一同震動，禁不住跟著哼唱。

接著，有人自願畫海報、有人跨刀設計、有人嘗試合音……。是的我們只差沒有音響器材，家中只有一個小音箱，那音箱我們總帶去田裡播放，音樂大聲到隔壁鄰田的阿伯也聽得到，「可惜沒有音響音控。」小糖說。我偏頭思考請花蓮朋友相助的可能性，搖搖頭：「太遠了，很勉強啊！」與小糖說，該滿足了，義氣不是這樣用的。

離開小糖租屋，我搭上公車，看著車水馬龍的窗外，歌聲樂聲猶在耳際。手機來電，是花蓮的朋友：「欸，聽說你們下個月在美濃老家辦演唱會？」「對啊！」我回答。「我們前一天剛好在台南開唱，隔天殺下去如何？你們需要音響嗎？音響在車上，音控也可以順便出席。」我錯愕了好幾秒鐘，才確定這不是夢，電話彼端的聲音平穩真切。

窗外依舊人來人往，只是這一切不太尋常，順水推舟，毫不費力，跟驚喜包沒有兩樣。是不是，只要真心付出一些什麼，就會有神相助？

故鄉

活動前一個月，我開始向家中長輩們徵詢意見。因小糖曾在飽和我的婚禮上獻唱過，家中長輩對她並不陌生。

「那婚禮上另一個藏人歌手也來嗎？要是那歌手來，我就力邀我的師兄師姊到場！」

「出席會有贈品嗎？那個廟裡賣藥的人每次來都會準備贈品。」

「鳳鳳，到時候家裡面是不是會很多人？要怎麼睡？妳都安排好了嗎？」

「真的會有人來聽嗎？」

現實蜂擁，我忙於收受家人意見，直覺想逃離與抗拒，卻又不得不處理。按耐著性子，一一與大家說明。沒問題的，我會四處發邀請卡，讓附近長者知道，小糖的歌聲那麼好，又是唱大家熟悉的老歌，鄉下嘛，誰不愛湊熱鬧？

我好希望阿媽在，她如果在場，一定只會點點頭，說：「好。」

才終於意識到，不自覺間我把整個家族都投進去了。這是過去獨善其身的我，最排斥接手的攤子啊！自投羅網的結果，是開始學習梳理安頓，每個細微的關係：親與疏、遠與近、應對進退、分寸拿捏……，那些當初避之唯恐不及的，一一羅列眼前，頭已經洗下去了，這下別想全身而退。

大伯說：「祖堂前院環境清幽，也可以考慮。」

我走到祖堂前的合院，門前有真柏，兩側有落羽松和茄冬樹靜靜駐守。幾年前祖堂落成這裡曾熱鬧過，自那之後，除了自家人上香外，似乎就再沒有其他動靜了。基於對祖先的敬重，長輩們將院落整理得這麼好，怎麼會一直靜悄悄的呢？無風的早晨，我看著院子發呆，突然覺得，移師祖堂前也許是不錯的選擇。

晚飯後，小糖打電話來：「我夢到我在一個歌唱大賽欣賞表演，有人發現我會唱歌，就幫我報名，我上台唱一首〈月亮代表我的心〉，然後發現下面的聽眾全是老阿公阿媽。」

「才剛開始唱第一句而已喔，才剛開口，台下的阿公阿媽就瘋狂地按讚，我後面的分數開始飆升，還有阿媽高興地尖叫。」小糖的口吻有些激動，嘰哩呱啦地。

晚風微涼，我毫不客氣的笑聲響徹大院，讓彼端的小糖有些困窘，儘管她不忘強調這是好夢、真的是好夢！我手撐著水泥圍牆，這個方向正好看向祖堂，突然想通了什麼。

「欸，那些按讚的老人，會不會是祖先啊？」我說。

「蛤？」小糖傻住兩秒鐘，然後我們雙雙大笑。我與小糖分享了大伯的提議：「根據這個好夢，要不要考慮換場地？」

「好，那就換吧！」小糖說。

「面對祖堂是不是很怪？以祖堂的台階為舞台、或者側面為舞台？」我說。

「表演者要面對祖堂，唱給祖先聽。」小糖的口吻篤定。

那些歷經風華洗禮的歌，唱給鄰里聽的同時，也唱給祖先聽。不只是唱給劉家祖先聽而已，萬事萬物相連在一起。我望向斜對面的祖堂，兩個小小的窗透著昏黃的光，像一雙看透世事的眼。

唱給爸爸、唱給媽媽、唱給祖輩與長者聽，唱！

唱給天上的老祖宗們、唱給地上的花草樹木，唱！

代代相傳，用這夢想與理想的年代，向上面奮力打拚的年代致敬；代代相傳，用我們的年輕我們的活力，向陌生疏離的家鄉致敬。

動身

「還是你來。」我把手中的筊杯轉遞給飽，說。我害怕擲不到聖筊。飽的眼神驀地有些倉皇，但他接起筊，握在掌中。

我雙手合十，用蹩腳的客家話向伯公（土地公）徵詢是否可以在此貼海報。前日收到工作人員自費印製的海報了，現在要貼在這裡，沒有管理員可以詢問，就問伯公，問的同時，也邀請伯公共（一起）下來聽喔！

擲筊前，兩個人都很緊張。筊杯落下地面的幾秒鐘，異常漫長。

聖筊出現那一刻，我們都大大鬆了一口氣。「伯公好厲害！」我開心嚷嚷，忙不迭把海報貼在伯公廟內側的石牆上，瞥眼看到內嵌紅字的右側對聯「福澤惠民歌威世」，瞬間有些恍惚，巧合不會從天而降，一如夢境不會無由而生。每一次，只要有憂懼出現，總有化解之道降臨。

就這樣，兩人騎著機車，在美濃小鎮裡兜上兜下，問上問下。海報不多，宣傳點要精準確實。少不了居家附近的伯公廟和五穀廟，每一次擲筊前，都免不了一樣的緊張；每一次擲筊後，都因一次聖筊而感到神奇無比。

我們練習著，相信。

幾個在地的年輕朋友知道了，「留幾張海報給我。」「到時候現場會不會需要椅子？」我在宣傳的過程裡重新看見一張串聯之網，關係是這樣被建立的，只要行動就可能發生。其實鄉下關係並不那麼令人頭大，只要我願意彎腰接納，一切自然迎刃而解。

但我仍常裹足不前，貼海報還算容易，發邀請卡才讓人苦惱。要因此去敲陌生鄰居的門，實在也需要勇氣。

每發一張邀請卡前，我都要硬著頭皮鼓勵自己。除了日常工作和農務，尚有一堆代辦事項積累在桌前，我還在這邊縮頭縮腦縮個屁啊！

這活動辦起來比當初想像的更耗神。

小歐吉卻相當期待，喜孜孜把海報貼在家門前，廣邀朋友，說當天他要舉辦啤酒趴踢，大家來啊，好好來熱鬧一場。

爸爸跟我要了海報的圖檔，說要 Line 給他的國小同學們。

妹妹說：「姊，活動當天會很多人，我來畫路線指引讓大家好停車吧！」

媽媽規劃食材清單：「歌手和樂手既然會提前來，就該為他們準備茶水和中飯。」

我終於接受，事情就是會愈搞愈大，整個劉家都將為活動貢獻所能，成為其中的一分子。

宣傳期間在鎮上巧遇當地報社主編，聽聞家裡要辦演唱會，「真的？今天下午五點截稿，快把活動資訊給我！」當場坐下來寫稿，說來得及，活動前一天剛好發《月光山》雜誌（美濃當地報刊）。「這種好事，要到街上敲鑼，人家才會知道。」主編提醒我們。

我聽得一愣一愣的，一旦決定承接，就要承接全部。家鄉的力量，以出其不意之姿，從四面八方各個角落，迎面而來。

大雨淋洗

大雨不停，在開唱一刻沒有止息。不論我們如何相信、如何祈禱。

我有些困窘，那些先前的一帆風順，都到哪裡去了？

走進祖堂，再一次上香。瞄了一眼外頭，淅瀝瀝的雨把活動場地輕輕蓋上一層迷離朦朧的水氣，祖堂外的聽眾和工作人員，無不在躲雨、淋雨。阿伯阿姨們縮著頸子等待，聰明的人先搬了椅子到祖堂前廊屋簷下，母親抱著孩子、老伯撐著大傘，大家都來了，和雨一起。

我感謝人們不畏雨日前來，卻憂慮人們為雨感到不便，更擔心人們因大雨離去。我點了香，向紅色的祖先牌位敬禮，拚命默求：「雨停吧、停吧！拜託，若不停，讓大家進祖堂躲雨好麼？」母親為雨備走來找我，見我祭拜，等在一旁。她看我的眼神複雜，焦心又無奈。我看著母親，此時上香，也無濟於事是吧？

祖堂屋簷下的走廊被占滿後，人們只能站在廣場上，縮著脖子躲在傘下——椅子全濕了，沒一個能坐。而，是我太天真，根本沒人敢踏進祖堂躲雨。

飽為此更動舞台（其實根本沒有台，不過砍了竹子搭設簡單的燈光），搬動三把大傘為音響和樂手遮風避雨。音響需要電，他從斜對面小歐吉家牽電過來，雨天接線要更小心。幾個美濃年輕夥伴，要不張羅椅凳、要不協助客語翻譯、要不布置熟食攤位、要不再衝回家搬大傘……。每個朝我走上前的夥伴，眼神都相似：「我能幫些什麼？」奇怪的是，這種關心慰問的神情愈多，我的壓力愈大。

歌手樂手忙練習直到最後一刻，小糖和阿泰衝上樓去換衣服時，主持人如我就撐著傘在小雨中開場，他們更衣的時間比想像中漫長，我一邊主持，一邊憂心雨還不停，同時焦慮表演者到底哪時才來，另一個主持人僑站在我身邊，她用客家話向大家問好，指引大家停車和因應雨天之道時，我才穩定下來，有戰友真好。

雨淅瀝瀝地下，穿過幾重水簾我看見，祖堂前廊坐滿了人，多數是抱著孩子的父親母親，也有年邁的老人家。年輕人和家人就站在廣場上，到處是傘，五顏六色的傘撐出屬於我們的小小天空。歌手樂手到場前一刻，突然「碰！」一聲，煙火在天上開花，我轉過身看，才發現小歐吉正彎腰點燃下一個。「碰！碰碰！」煙花爆炸，在水氣中漫散，有人鼓掌歡呼、有孩子嚇到哭，我和僑相望失笑。小歐吉叼著菸離去時，背影看起來很是瀟灑。

隨後一連串鞭炮乍響，屋簷下有父親抱起嬰孩避走、母親摀著孩子的耳朵，我有些不知所措，卻又感到溫暖。

這便是美濃人，用他們的方式表達他們的期待與支持。

因為雨才遇見的畫面

音樂會是這麼開場的，這哪裡是什麼滿月之夜，這根本就是雨神的場子嘛！雨水和歌聲齊放，一度雨大到我聽不見旋律，誰說不急的？急死了！燈光水氣引來了大群飛蟻，飛蟻多到干擾阿泰拉琴了；黃婕瞇眼看架上的琴譜，大大的雨滴濺上她的手風琴；小糖呢，她奮力唱，她唱得愈用力，我就愈焦心，因為雨太大了——依舊聽不清。

我們都，好狼狽啊。聽眾紛紛走避，帶著孩子的更形不便，索性開車離去。大雨、燈光、樂器、音響水氣迷離，飛蟻盤旋占據了舞台，髮絲落下水滴，鞋子早已溼透。

有多少人願意留下來呢？我環顧四周，爸爸媽媽撐著傘站在茄苳樹底下，他們並肩的樣子瞬間安撫了我，茄苳樹下不只有爸媽，許多大傘小傘，傘緣都滴著水。弟弟站在飽的攤位旁顧攤、妹婿脖子上還掛有相機、妹妹正引人往小歐吉家廁所的方向走……。小歐吉家前庭，不知何時站滿了人，廣場上清清冷冷，但人們的目光，都望向廣場，陪伴一曲〈月亮代表我的心〉。

我真的無法好好聽歌，因為要應變與操心的細節太多，但若非因為這雨，我不會遇見這畫面。突然覺得，這畫面真美。

雨好大啊，聽不見聲音，只能自己抓拍子啊，音控忙調整麥克風收音，表演者在雨中持續演奏，努力保持平穩，一曲〈夜來香〉：「我愛這夜色茫茫——」細雨綿綿時，歌聲拉長至天際，我們為誰歌唱？我愛這夜色茫茫，這出其不意的天地，可恨永遠不如預期，卻又永遠有預期之外的驚喜到來。

雨終有間歇時，當人們再度紛紛往廣場移動。雨沒了、人潮也稀少了，一位花白頭髮的老太太，撐著傘顫顫從街道上走來，在茄冬樹下站著聽歌。我跑上廣場，沒有抹布，用寬褲襬擦乾椅凳，搬去給老太太：「阿媽，你坐。」

其實想過放棄，但這個當下，老太太坐在樹下聽歌的身影不知為何給了我力量。我聽見了，不只是歌聲而已，歌聲中還混雜了鄉音，阿伯和叔父們用客家話談笑，家屋前小歐吉與朋友們正喝酒嗑花生，鄉親們在演出中持續著瑣碎日常，一位大哥走上廣場最前排，拉開椅子大喇喇坐下。

沒有正式舞台，人們聆聽演出伴隨生活日常，想來的來、想走便走，歌曲結束時，你看見父親壓下臉頰貼緊傘把，只為騰出雙手鼓掌。

轉了一圈再回來，一個女孩已在台前翩翩起舞，我錯過了什麼？何時有的舞者？定睛細看，是小糖的友人陽陽，輕柔細膩的舞姿，融化夜雨的憂愁。我為舞者的出現感到驚奇，跟著搖頭晃腦跟著迷離，哼唱老老的旋律時，才發現是〈望春風〉——多年前小糖曾唱給阿媽聽的，而今再唱起，不僅對著祖堂，更多是鄉親鄰里。

陽陽指尖伸向天空，輕輕顫動。

小雨下下來了，有人默默放了一頂斗笠為地上探照燈擋雨。水亮亮的地板清楚反映站在其上的赤腳舞者、器材、燈架……。青蛙與非洲大蝸牛也趕赴盛會，椅凳上的積水閃亮閃亮，有人拿起椅子倒水，抹布擦擦，便坐了下來。

愛跳舞的明一時興起，也跑上台，和陽陽即興聯舞，自〈一支小雨傘〉到〈流水年華〉，她們創造了一個巨大的磁場，吸引所有人的目光。風吹起衣袖飄飄，她們的髮絲在旋轉時飛揚，明飛跳起來，我拍手叫好，人們鼓譟歡呼中，明大笑說乾脆來帶動唱好了，她們單手高舉慢揮，我赫然發現，小歐吉不知何時站到了台前，專注地用他的手機錄影著，一面錄影一面高舉右手，跟著旋律搖擺。

我有些恍惚，因為不知道有舞者，不知道她們會真的跳舞，陽陽與明並不認識。就這麼一起聯舞了，沒說好就發生，和這場雨一樣。跳至一半，明大膽下場牽起一位老農的手，我好緊張，拜託鄉下人沒這麼開放。可是老農竟然起身了！他起身的同時我也霍地起身，混雜在歡呼裡，明牽著老叔一起跳舞，我看著老叔和明共舞的身影，覺得這一定是夢，不然為什麼，我有想哭的衝動？

任雨淋又怎麼樣呢？後來自己也在雨中跳舞了，點點細雨一點一點潤濕身體，寬褲襬早已溼透，原來，它除了可以當抹布擦乾椅子，也能在風中飄盪。旋轉伸展的肢體讓褲襬即使在雨中，也展現生命力。何其有幸，老家祖堂前，與親朋好友同在，沒有彩排、不是專業，當雨一絲一絲飄下，我們就在風中、在這裡，不可思議舞著、歌著，然後擊掌。

我六寮庄一向只有賣藥的節目，哪來音樂會這種東西，何況在雨中！就讓那些遮雨棚和鐵皮屋頂都隨風去，樂手一拉琴，我的腳心就離地，水泥地還留有白日的溫度，赤腳踩地板好舒服，我和明拉開了又走近，俯仰間嗅聞著雨的鼻息，地上水光反映我們的身影，這無月的夜，眾人凝望的眼。

身體源源不絕供應我能量，我感到訝異、不可置信，其實疲憊至極，從邀請宣傳器材場布場控，還得主持，耗盡氣力籌備規劃，最期待的節目，無法專心欣賞就算了，還可恨這雨！

什麼時候，我也如此享受，如此盡興盡情。

多年後再說起的神蹟

隔壁庄曾阿姨煮了好大一鍋紅豆湯來，紅豆是阿姨自家種的，不灑落葉劑的喔。熱呼呼的紅豆湯，暖胃暖心，「好好吃喔！」我對曾阿姨大聲嚷嚷。「以後我田裡辦拔蘿蔔的活動，可不可以也請小糖來唱？」曾阿姨問我。

表演結束前，小糖問現場有沒有人要接棒唱歌的？最後是里長被拱上台，他喝得有些微醺，說話牛頭不對馬嘴，我知道他今天真的很開心，這裡好久沒這麼熱鬧了。小歐吉走到小糖跟前：「以後我娶媳婦，妳還來唱嗎？」

「我來，我唱！」阿泰伸出手，接過麥克風，換他站上主唱的位置，爸爸拿一罐啤酒走上前，為阿泰開罐，我在易開罐的氣音中聽見啤酒冒泡泡，世代無聲交流，阿泰笑了，仰天喝一口，唱！

是一曲兒歌！

阿泰唱得忘我，嘶啞狂放地唱，我們為這無厘頭的壓軸笑得亂七八糟，笑聲狂妄，直達天際。

其實剩下的聽眾不多，真的不多，但每個還在場上的人，都竭盡所能給予今夜最大的掌聲。

歌手、樂手與合音擁抱在一起，那合抱在一起的圓很美，黃婕在圓裡偷偷問：「下一場要去哪裡巡迴？」我驚駭無比地盯著黃婕，她沒忙怕？我可是不敢再辦了。

「不好意思啊，讓大家濕透了。」我向來賓說。「不會啊，下雨天聽歌，很有感覺。」有人這麼回應。「崇鳳，我感謝這場雨，如果不是這場雨，音樂會拍起來不

會這麼動人。」攝影師激動地跟我說。

很久很久以後，我才明白，老天不是沒有幫忙，那一場雨，有祂別具用心的深意。如此再過了很久很久以後，久到我們都老到走不動了，我們還能跟下一輩說起今夜：「那個夜晚下著雨，好在天公有幫忙喔——祂落雨了，一群人在雨中歌舞，那一場雨，就是神蹟。」

穀浪

午後，我走出房門，飽的姊姊小蕨迎面走來，問我田在哪裡？聽起來，像是想去田裡。

快割稻了，正想著該如何描述路徑，一轉身，瞥一眼窗外，一台藍色的卡車正在祖堂前空地，偌大的後車廂像是在倒什麼——這場景似曾相識，我轉過頭，向小蕨瞪大眼睛：「好像，在倒穀子了！」

三步併兩步跑下樓，怎麼這麼快！距離剛剛人家打電話來說要割稻，也不過二十分鐘。小蕨跟在我身後，一前一後跑向祖堂。果然，穀子真的在廣場上了！

小山似地、金黃色的稻穀，陽光下閃閃發光。

「哇——」小蕨忍不住驚嘆。我蹲下來，呆呆看著。爸爸和媽媽都在，小歐吉也跑出來了。飽站在那裡，看他的穀小孩們嘩嘩落下，地上早早鋪好了帆布，等一下，就要開始曬穀了。

童年記憶的啟動鍵

這一幕，早在歸返美濃時，我便偷偷想像了無數回。

像是一種儀式似的，把祖堂前廣場變禾埕，遍地黃澄澄的穀子，在陽光底下閃著金光。不知為何讓我心心念念許久，大概在腦海中模擬了太多次，以致於一旦成為現實，出其不意，措手不及，卻又如此真實。

我蹲在那裡，有些恍神，想起昨天的大雨、水光中的舞台、歌聲與樂聲、溫暖的紅豆湯、喝開了的鄉親父老……。舞者指尖在夜下的雨絲間顫動，衣袖飄飄，雨傘大軍就這麼攻占廣場。不過相隔一日，這下卻滿載稻穀，成為農民的舞台，午後的熱氣在空中浮動，人民質樸，而且忙碌。

一個廣場，兩種日子，不可思議的雙面風景。

爸爸一直盯著稻穀，彷彿有什麼牽動了他。他的眼神藏有深沉的過去，拿著耙子等待，蓄勢待發，準備開穀。耙子只有兩支，一支在飽手裡，一支爸爸拿去了，這下我要拿什麼呢？儘管爸爸不斷強調小時候做農做到怕，別冀望他幫忙。可是這當下，他就賴在這裡，碎碎念著小時候曬穀場上的記憶。

「齁！以前曬穀多辛苦啊，阿媽都一個人在禾埕上翻，穀子太多翻不完，又還有衣服要洗、豬要餵、午餐要煮。半小時才翻一次也不奇怪。」爸爸一邊說一邊摸著穀粒。

小歐吉叼著一根菸，一邊背著手大步走，像在算著什麼：「四十年，這場景我四十年沒見了。」小歐吉說。

長者的童年在這個時刻翻騰，我們插不上話，但感受得到記憶的溫度。蹲在一旁拍照的可不只有小葳，小歐吉也用手機拍了幾張。

嘿，不是叫我們不要曬穀嗎？這下子曬下去的可不只有穀子，還有久遠的歲月。

「鳳，妳不是有很多事要做，爸爸來就好，妳回去書房。」父親踩在穀堆上，一邊不忘趕我走。

「爸，穀子上有毛，踩久了會癢。」我拿一雙雨鞋給他。

就這麼靜靜看著飽和爸爸一起開穀。爸爸奮力耙著，一邊耙一邊說開穀和收穀最耗力氣，口吻間隱匿淡淡的興奮。

想了這麼久的畫面，好不容易遇到，我才不想回家坐在電腦前敲字。飽安靜、穩穩地耙開穀子，我聽見穀子刷刷的聲響，像聽見飽耙開了長久守候的嘆息。其實穀子早已成熟，這幾日飽總心焦於雨日無法收割，大雨會把熟透的穀子打落土地，農夫一顆心總隨天氣忽上忽下，飯不能專心吃、覺也睡不好，終於收成一刻，依舊不確定是否有穩定的太陽足夠日曬，我瞥了一眼遠山厚厚的雲層，怎麼離開？我不願錯失任何關鍵的節骨眼，真切緊實的生活撐開了一切，那些說不出口的難安、那些美好景象的背後。

結果，曬穀場上，湊熱鬧的比工作的更多。

阿姨啊、阿伯啊、路過的阿公阿媽啊……，都停下來駐足觀望。

一位阿姨騎著腳踏車，經過曬穀場時立時刹車，我們都清楚聽見了刹車一瞬腳踏車發出的尖音。「阿姆唷，你兜在做麼个（我的媽呀，你們在做什麼）？」阿姨銅鈴般的眼睛和誇張的動作，讓人忍不住發噱。

「曬穀喔！」阿姨走上前，笑了：「齁！你知道嗎？我們小時候，才放學回家，剛走進家門，書包都還沒有放下喔，就立刻要幫忙了。哪裡想得到，現在還能看到這畫面！」阿姨講國語時客家腔濃濃的，明明分享的是從前的忙碌無奈，阿姨卻愈說愈快、愈說愈激動，夾雜幼年的自己、農村的辛勞，和時代更迭的百感千愁。

現在不一樣了，插秧割稻都有機器代勞，務農依然勞累，然則時代的進步，讓年輕一輩能自主選擇，小面積種植的穀子不多，手工日曬並非天方夜譚。相較於從前，曬穀成為一種對陽光的敬意——與天地同進退。一如不用農藥不灑化肥，這是年輕小農的甘願。上一輩任勞任怨的勞動身影，讓我們愛戴與敬重；而我們這一輩勞動的身影，也為長者帶來新的思考新的價值。

曬穀場像個啟動鍵，啟動這些長大的孩子們，訴說過去怎麼咬牙如何辛勞。我卻在他們難以自抑的回憶裡，感覺到過去所有勞苦，都在這回溯一刻緩緩蒸發，化為風一般，輕輕吹拂。

童年是溫暖的搖籃，即使再苦再煎熬。

阿姨的激昂帶動了媽媽，她們在樹下聊開了。爸爸停下手邊的工作，悠然轉身，對我說：「鳳鳳，她是我堂妹，就住在隔壁，你知麼？」

環山小鎮裡的浪潮聲

最初的熱鬧已煙消雲散，多數時候，這裡平淡悶熱。夢與理想的落實，確實需要無盡的耐心與毅力——這是一種檢核。

十分鐘到了。飽和我相繼起身，戴上斗笠、工作手套，拿著耙子到曬穀場上，分站在一壟壟的穀子前，開始翻耙。

成壟的穀堆被一層一層翻下來，耙子拉下來一瞬若還輕輕甩一下，穀子就能滑落得更遠更均勻。地面被豔陽曬得熱燙熱燙，滑落到地上的穀子，夾在陽光與地熱之間，三不五時地翻炒，穀子的含水度就會一點一點退去。但翻耙得用腰力，我的身材矮小，往往努力耙個一壟，飽早已耙過兩三壟了。

「呼——」我脫下斗笠，拉下袖套，一屁股坐在茄苳樹下。仰頭，大口大口喝水。

一旁的飽坐在石頭上滑手機，地上擱著杯碗，有媽媽準備的青草茶和銀耳湯。我坐靠在茄苳樹下，等待穀子吸飽陽光，蟬鳴聲囂張地鼓譟這個初夏，一隻麻雀停下來啄穀粒。

除卻風聲與蟬聲，一切安靜極了。我仰躺下來，瞇眼看葉隙間閃爍的陽光，敏銳地覺察著風，只要一陣風過來，細細感受風輕撫過身上每一個毛細孔，無上滿足。風也把枝葉弄得沙沙作響，豐盈的青綠遍灑，多虧這一樹的茂盛，我們才有綠蔭得以安歇，樹下涼爽得不可思議。樹好重要啊！小歐吉當年種下的茄苳樹，而今蔚然成蔭，為我們爭得一方小天地，樹下有大石環繞，這靜謐有蘊意的角落，我卻直到這個時刻，才懂得深深感激。

茄冬樹旁有一口廢棄的井，飽偶爾躺在其上小憩，我提醒他別睡著了掉進去。

「啊，吊床！」飽突然靈光乍現。

他興沖沖跑回家，帶一個綠色的吊床過來。想方設法綁在茄苳樹與電線桿之間，綠色的吊床，剛好橫越過這口井。

我笑了，這吊床很老了，是飽的阿公編的。老東西被遺忘多時，飽把它帶來美濃，也擱置了好一段時間，這下終於派上用場了。

飽小心翼翼地爬上去，在確認它堪用後，放心地把自己的重量交給它，兩手枕在頭底下，不料才剛剛躺好，手機的十分鐘鬧鈴就響了。

每十分鐘就要起身翻曬一次。昏昏欲睡也得曬，玩耍實驗也得曬。我們在諸多的十分鐘方格間進行著一天，不若當年阿媽還得忙餵豬煮飯打掃洗衣，這一輩得以在每個空歇中進行不同的小事。於是我們帶過來的東西愈來愈多，從茶水、書、筆電到吊床……。無奈就是十分鐘，而我們也接受被中斷。

起身，戴上斗笠，拿起耙子。

飽說，耙穀時細聽穀子落地的聲響，隨著翻曬次數的增加，聲音會有些微不同，穀子若乾得差不多了，耙子輕輕一甩，落地的聲音清脆。我仔細聆聽，在穀子翻落地面的一瞬，就像海浪在卵石礫灘上嘩啦啦退潮的聲響。我想起花蓮的七星潭，有些興奮，翻得更慢一些……，每翻一次，就聽見一次退潮。悶熱無盡的午後，環山小鎮的院內藏有浩瀚無垠的太平洋。海浪，是金色的，只不過得定時人工造浪，「穀浪」落地的交響，就是我的勳章。

風啊，來吧！讓穀子內的水分快速蒸散、帶走溽熱；風啊，來吧！衣衫逐漸濕透，小心汗水不能落穀堆；風啊，來吧！稻穀絨毛起飛，貼上汗涔涔的肌膚；風啊，來吧！熱在躁動，愈發刺癢，豔陽讓人珍惜也讓人痛苦。我能清醒地感覺汗水沿背脊滑下，又再生出一顆顆細小的汗珠，然後慢慢凝結，再滑下——這是渴盼日照的曬穀場、唯恐落雨的曬穀場，想望多時的畫面終於實現，只能不停不停勞動以回應，任隨飄移的雲層牽動每一根神經，雨落了一點下來，手忙腳亂地收穀；下沒幾下又停了，再重新耙開穀堆……。人跟著天公走，在土地生養的食物面前，我們是那麼渺小。

翻曬完一輪，飽爬上吊床，偷到一點愜意，搖啊搖的，祖輩的手藝承載著他，父執輩種下的樹照護著我們。

禾埕召集令

小歐吉從家門走出來，彎下腰撿一顆穀子，咀嚼。

他兩手插腰，慢慢嚼，仰頭望天，感覺穀子的含水度。黝黑的膚色和凹陷的皺紋在陽光底下充滿生命力：「差不多了，可以慢慢收了。」小歐吉說。四十年沒曬穀了，他還是記得這硬度。

飽向鄰近的有機農場借了舊式風鼓車。風鼓車在倉庫二樓，上頭有厚厚一層灰、鳥屎散落，顯然很久沒人使用了。我們把它載回家，清理了一遍，飽幫它更換電線，預備重新啟用。

風鼓車搬上了廣場，風斗放置其上。推車到了、畚箕拿來了、秤也借了、穀袋一一打開……

「咦，那根（布袋）針呢？」飽問。

我跑上二樓書房，打開書桌的抽屜，在抽屜深處，取出那一根布袋針。古銅色帶點微光，不知道它的年紀，也許比吊床還老。

阿媽，看到沒？妳的布袋針我們拿來用了喔！

二伯母的縫穀袋教學

飽的老家在彰化海邊，清明時我們回去，飽向他七十多歲的二伯母詢問怎麼用布袋針。二伯母笑出聲來：「你要學喔？」彷彿飽是個奇怪的孩子。一老一少就這麼蹲在小小老舊的客廳裡，一個穿針引繩、一個有樣學樣。二伯母說她縫不好，我說怎麼會呢？我蹲在那裡，看一雙老邁發皺的手，熟練地拿起布袋針，穿過塑膠繩，貼心地放慢速度縫著，裡頭交織著她的青春她的生命，像是回到了過去，一邊羞赧地說以前她縫得很慢，不像別人都又快又好（多縫一袋就能多掙一點）。我著迷地看著那一雙手，大聲說：「二母，是我們什麼都不會，妳縫得很好、很厲害！」二伯母呵呵笑，不明白這落伍的伎倆何以被看重。

飽是這樣，決定手縫穀袋的。爸爸說：「以前布袋針穿的是麻線，家後院種有苧麻，先要有人搓麻線，才有線可以縫布袋。」我瞪大眼睛看著爸爸，覺得過去也太誇張——明明用機器嚕一下就過去了，手工則用塑膠繩綁更方便，我們卻向古法學習。因為古早的古早，阿公阿媽是這樣工作的；而我們的父親母親，也是這樣被養大了。不知不覺，當耕種面積變大、人力不夠，老方法難以為繼，也許下一次，我們就會用棉線封口機快速裝袋。但我不會忘記，那是上一輩的努力奠基，讓我們有更多選擇，珍惜時代的演進，源頭的風景深藏奧義。

二伯母教飽怎麼縫穀袋，飽這會兒又教給妹妹。妹妹坐在祖堂前，剛下班結束護理工作的她，對農務完全陌生，但當她拾起那根布袋針，拉著塑膠繩穿梭其間，從緩慢如牛到順理成章，我彷彿看見傳承之流，融於生活。彷彿一切都是安排好了的。

穀子拉成堆後，風鼓車插電，電動取代手搖，鼓風板快速轉動起來，飽盛了一盆又一盆的穀子餵風車，我則在這頭扣袋裝袋，草屑、空穀和稻稈被嗶嗶嗶吹出落地。

小歐吉家門口剛好有客人在喝茶，我們成了一種風景。小歐吉在遠處拍照，熱心的阿伯走過，頻頻望著風鼓車又望著我們，他看風鼓車的樣子，像在確認自己並沒有失憶；看我們的樣子，又像在確認我們為何出此「下策」？阿伯與我們分享許多細節，建議最後再一起秤重。小歐吉朝我們大喊：「換個大臉盆吧！」他有更大的臉盆可以盛穀。我才發現風鼓車吹出稗子和草莖的同時，還有吸入老時光老面孔的魔法，舉凡與它工作過的長輩們，無不投以關切的目光。

爸爸是最投入的。他一會兒驚呼原來風鼓車不用手搖啊、一會兒說唉呀以前手工割稻多辛苦我們都不知道、一會兒又搔頭奇怪是哪個環節不一樣⋯⋯。我一邊工作一邊聽他碎念。父親兒時記憶在這個時刻毫無保留完滿流洩，只是我們沒能應和，我們忙啊，一下裝穀倒穀一下又秤重縫針，兩個人焦頭爛額。無巧不巧，這天是週五，旗山甫下班的妹妹已經加入。連市區的妹婿和屏東的弟弟一下班，也都開車回美濃來一起幫忙。

媽媽在廚房裡醃漬黃瓜，準備晚餐。農忙時分，她要好好煮一頓飯餵飽全家。我是沒想過要全家動員的，如果可能，莫要驚擾家人。但媽媽早料到了，他們自己約好這天下班在美濃集合，他們怎麼知道一定是在這時候收穀呢？

家人習慣方便舒適的都市生活，喜歡上餐館逛百貨公司。爸爸做了近四十年的公務員；媽媽的願望就是做個時髦的都會人。我的公主妹妹和少爺小弟，此時也一反平常的打扮，渾身包得密不通風像小工，在這裡收穀。

「夠！阿媽如果看到了，一定會稱讚：『還會欸（很會喔）！』」妹妹坐在祖堂前，一邊縫一邊自嘲。

很快地，標準作業流程出現了。爸爸裝盛穀子倒入風斗、我集穀、飽負責拉出穀袋秤重、妹妹縫線、弟弟和妹婿搬穀。如此這般，一旦有人去忙別的，就有人即刻補位。不懂農務沒關係，只要稍加觀察，就能立時加入勞動行列。

就這樣，三十五公斤的穀子一包包被推進了家門口，廚房飄出飯香，禾埕上滿是穀香。稻穀的絨毛滿天飛舞，風鼓車持續運轉，遠處青山落日輝煌。

「好漂亮喔！」看著黃昏彩霞，我禁不住喊。大家抬頭望了一下，又低頭埋首工作。我才忽然意識到，我們真的就這樣，變成農家了。

不可思議，這個家除了飽，沒人想務農。我們，什麼時候成為農家的？

為什麼全家都撩落去了

天色逐漸暗沉，一直到星星出來，我們還在曬穀場上。我站在那裡，彎腰集穀，從俐落裝袋套袋，到後來偷站三七步，動作逐漸緩慢。穀子一盆一盆倒入風斗，風穀口下的稻稈持續積累，穀包搬了又搬、疊了又疊，沒有人再說話。我一面想著穀子什麼時候才會裝完？一面又想可是穀袋應該要愈多愈好才叫豐收⋯⋯。媽媽已經走來探頭第三次，晚飯早就好了，但工作還沒結束，只得默默站在一旁看。

「爸，你先去洗澡吧，癢的啊！」我在風鼓車運轉的聲音裡朝爸爸喊。

爸爸最終在媽媽和妹妹的勸說下回去洗澡。他離開曬穀場前欲言又止，最後我們才搞清楚爸爸想拍一張合照。眾人附和卻沒人起身，這願望就在無法停歇的繁忙流程中，悄悄地被犧牲了。

晚間八點，我蹲在地上，用手把散落的穀子一粒粒撥進畚箕裡，每撥進一粒便默想一遍「粒粒皆辛苦」。幾個年輕人收拾善後，整理工具、拆繩、折疊帆布，掃地時絨毛滿天飛舞，身體濕濕黏黏、又熱又癢。

「吃——飯——囉——！」等候多時的母親，備足十成功力，終於發出獅吼。

弟弟一邊收工具一邊咕噥：「姊，飽哥為什麼這麼喜歡做農啊？」頹軟的身體呈現疲態，「我以後如果有小孩，敢說要去當農夫，我一定海扁他一頓。」

我大笑，趴在推車的穀包上，累得像狗，好在穀包的溫熱有安撫的作用。飽正把推車和大臉盆送回小歐吉家，是什麼毅力讓他持續到現在我也不清楚，他從清晨五點就開始曬穀，到現在還沒停下來。

洗澡間裡，任憑熱水刷過身體，毛毛刺刺的感覺猶存，累極卻感到充實，這是身體的記憶，距離上次在花蓮曬穀有一段時間了，好久不見這種深刻的疲憊感。記憶會留存，一如父執輩們刻印在心底那久遠的瘋狂的勞累。

晚餐真好吃，唏哩呼嚕吃得我什麼菜也不記得。「媽，這割稻飯欸！」我說的時候，時鐘正好指向晚間九點。

「欸，我看幾十袋欸，一共幾公斤啊？」媽媽問。

「太累了，我看以後還是不要曬了。」爸爸喃喃。

「恭喜豐收！」妹妹舉杯。

我夾了一口菜，塞進嘴裡。當初只想單純回家種田，卻不知道為什麼全家都撩落去了。這股力量很緩，但是正在運轉，不只是自己的，連帶周遭的人都一起轉變，這個代價比預期的大，不知為何卻有些珍惜。

種稻最美的風景，不在收割曬穀，在於家人相挺。

豐收原來是這種感覺。我知道下回再曬穀，父親一顆心還是會懸在穀子上，穀浪翻攪著舊時記憶，就像長者們在曬穀場上來回看望的，那些黝黑的發亮的臉龐。

我最討厭烤肉了

我討厭烤肉。

小時候，出於愛過節又飯來張口的原因，我喜歡湊熱鬧。長大以後，得自己採買自己統籌，我開始感到困惑——人們為吃飯團聚是件美好的事，但烤肉其實很忙，人多嘴雜還得顧烤盤，稍不留意就可能烤焦，吃了不健康，不吃又浪費。刷上烤肉醬以後，我吃不出食物本身的味道，只剩下鹹鹹甜甜的醬汁。而活動過後，收拾那些焦黑的烤網、錫箔紙、包裝袋、竹籤、紙巾、飲料杯與吸管，還有一盤盤殘餘的食物⋯⋯。當一袋袋垃圾迅速在門前累積，我懷疑，我們真的有必要烤肉嗎？

洶湧而來的物資與期待

這天，小咪[1]和媽媽約好，要在小歐吉家門前烤肉。全家人都一股腦興沖沖的，只有我興致缺缺，一直假裝沒這回事。

清早五點便起床，到一間國小去打太極，回來肚子餓極，弄好早餐正要吃，爸媽的車子就駛進了大院。

「鳳鳳，東西很多，快幫忙提！」母親喊著。我走出門，見一家人唏哩呼嚕地從後車廂提了滿滿一堆塑膠袋，有飲料、吐司串、生鮮蔬果、太陽餅、零食……。我覷了妹妹一眼：「妳幾歲啦，還買衝天炮？」「欸，很久沒玩了耶，很溫馨吧！」妹妹揚眉，完全不理會我的嘲諷。

食材快速堆滿了廚房的餐桌，我默默把早餐端出門外，坐在走廊的角落吃，媽

1 小咪：「小彌媄」簡稱，彌媄為美濃當地客語稱謂，嬸嬸的意思。

卻督促大家準備拜拜，一直吆喝去祖堂。

我無法好好吃飯，按耐著性子放下早餐去拜拜，還被碎念動作太慢。回來才坐好正要繼續吃，媽媽又說，接下來還要去伯公廟拜拜。

安靜的家一下子鬧哄哄又亂糟糟的，連好好吃個早飯都沒辦法。

於是接下來整個白日，我都在跟母親生氣，早飯吃得晚，賭氣不跟他們出去吃午飯，媽媽問我要不要外帶粄條，我搖搖頭，下午若餓了在廚房隨便弄點吃的也行——那一刻我發現自己，是不想再多買任何東西了。

直到家人外出，這個家才有片刻安寧。我說服自己和煩躁共存，感覺簡單的生活一下子被物質欲望塞滿，家人豐厚的物資與期待如洶湧的海，我不知如何自處，眼睜睜看著滿出來的冰箱怔忡，而家人仍擔心缺漏。

我在抗拒些什麼呢？

午後，母親又把我喊進廚房，偷偷掀開鍋蓋，底下是她外帶的一碗粄條，已用磁碗裝盛好。這下我更不耐了：「不是說不要買了嗎？」稍晚又要烤肉了，食物過剩還一直加買。「蛤？真的不吃啊？那先放著，餓了再吃。」母親難掩失望。「姊，我買了妳的飲料放冰箱喔，是妳喜歡的桂花紅茶。」妹妹探頭進來，手裡拿著飲料杯。

我朝天花板翻了個白眼，突然間覺得說什麼都不對。家人之愛如海深，我無能承接，也無法責難。想念簡樸自在的日常，家人的消費習慣在節慶中一發不可收拾，看著自己離想要的生活愈來愈遠，不可控制，難以溝通，於是整個下午，我都在跟自己生氣，臉拉得老長，口氣和態度都很差。無法靜下心來的結果，做什麼都不是。這該死的中秋節。

這一刻逝去就不會重來

傍晚五點，飽走進書房，仰躺在床上：「什麼時候要去烤肉？」

我坐在電腦前，一點也不想去。烤肉嘛！這種場合還是晚去點好，免得消磨太多時間。

等我拖拖拖終於拖到不得不去的時候，我才發現小歐吉家前院一切皆已就定位。小咪把廚房的木桌椅搬了出來，和媽媽坐在桌前，桌上盡是汆燙好的彩椒、青花椰和菇類，幾個年輕人蹲在烤肉架前忙著，小歐吉自製的鋼桶中正烤著桶仔雞，我才意識到自己的閃躲與牽拖。

至少，這裡每個人都自備瓷碗瓷盤和筷匙。沒有賣場裡的烤肉架，小歐吉用空心磚和磚頭疊起基座，上頭置放一塊大石板，年輕人用石板烤肉。只是火候控制不良，石板不知為何烤到裂開了，才換上一般烤網，鋪上錫箔紙。

我坐在那裡，稱讚汆燙彩椒和花椰的顏色真漂亮，「來，鳳鳳，不要客氣，沾一些梅子汁吃，自己做的喔。」小咪說。妹妹送烤鹹豬肉上桌，我突然間有些愧疚，拉著飽也去幫忙烤肉。蹲坐在烤肉架前，有些怔忡：多久沒在這位置上了？帶點自嘲，又夾雜那麼一點趣味，我夾起杏鮑菇和筊白筍，放上烤網，飽負責烤肉排。

「漫漫長夜，不要一下喝太多。」妹妹提醒爸爸。小歐吉邀約了朋友來前院聊天喝酒嗑花生，爸喜歡熱鬧，這場子少不了他。長輩們的客家話兜在一起，時而悠緩時而熱切，我從不關心他們到底講了些什麼，但我們確實是，這樣聽著聽著就長大了。

才想到不知有多少年，沒和家人一起過中秋了。大學時每逢連假我不是爬山就是旅行，別說家族活動無法吸引我，家族活動等同於綑綁自由的洪水猛獸，我能避就避。反正家人一直都在，家族間的情感也不甚密切，沒什麼力量能拉我回來。反倒是自己回來了，參與家族活動因此顯得自然而然，不費吹灰之力。

儘管烤肉的錫箔紙換了一張又一張，儘管阿伯阿叔又是菸又是酒，儘管不乏烤焦的食物，我學習看開，不再跟自己過不去。當我焦慮苦惱於家人對我表達愛的形式不是我所希望的，我也要意識到我其實沒有權利，苛求家人對世界的觀感都該與我一樣。溝通是一條漫長的路，當風紀股長既吃力又不討好，不如專心當個孩子吧。入境隨俗，考驗很多。來酒，我可以選擇不喝；有菸，我就站在上風處。真正重要的是家人團聚的珍貴，這一刻逝去就不會重來。

阿里伯騎機車前來，與飽談起農事，他抱怨小鳥瘋吃農夫的穀子，所以他們才毒鳥，卻被環保團體抗議。阿里伯說著說著火氣上來了，他說他嗆環保團體：「那是因為鳥沒吃到你的穀子！」阿里伯說這話時眼神帶有殺氣，他視務農的飽為夥伴，懂得農民的苦衷，一邊爭取認同一邊忿忿不平地說著。

我聽得一愣一愣，毒鳥？前些日子才與飽一起看了《老鷹想飛》這部紀錄片，紀錄片陳述台灣黑鳶之所以減少的最終原因，是農地人為用藥過度使鳥類終難倖免，而食物鏈環環相扣，黑鳶吃掉了食用農藥過度的鳥類，於是也落得死亡一途。

我怔怔看著飽，飽的神情複雜，隱而不言。

這就是美濃，真真確確的鄉下，遠離了花蓮新移民理想生活的同溫層，我們走入農村在地的真實。沒等我們答腔，阿里伯拿出手上提的好酒，逕自坐下便與大夥喝了起來。

妹妹他們跑到祖堂前施放衝天炮，那院子寬敞哪，多適合玩耍！都三十好幾的人了，還像小孩一樣玩鬧。只是膽識與勇氣不如小時候了，點個火都你推我讓，燃點還沒起來就飛也似地逃離，不停尖叫與大笑；仙女棒一揮，金色線條流舞在黑夜裡，妹妹忍不住歡呼：「姊，妳看！」

我在這頭，一邊烤肉一邊看戲，嘴角不自覺揚起。說也奇怪，稍早的焦躁與難堪，似乎就在這齊聚一堂的熱鬧裡、在真實又夢幻的氛圍中，慢慢被稀釋掉了。

謝謝我永遠是這個家的孩子

我們吃飽喝足，拉了小板凳坐在邊側，弟弟和堂弟已進屋唱起卡拉ＯＫ，這空喝閒談的場子也不適合我們，差不多是離開的時候了。

正要起身，堂弟動便推開門走來，勸說我們進去唱歌。

怎麼可能！我才不要，唱歌什麼玩意？我早就過了那年紀。我找藉口推託，動卻很有耐心，說之以理、動之以情，無所不用其極，開啟一來一往無盡說服與推託的迴圈。直到動走了，終於鬆一口氣，卻下起傾盆大雨。我看著傾盆大雨，和妹妹面面相覷。好吧，這下得等雨停了。

百無聊賴，走到門前探頭，偌大的客廳裡竟只坐著表弟和弟弟，好不淒涼。我不自覺推門走入，這麼著吧，坐著聽歌也不錯。招手邀妹妹進屋，飽和妹婿仍坐在那裡，動也不動。

不知道是什麼啟動了一切，總之後來我從坐著聽歌、到嚷嚷我不唱歌、到跟著搖頭哼歌、到動念點歌時，已過了我們平日的睡覺時間（晚間十點）。外頭的飽不敵阿里伯的灌酒轉進客廳避難，妹婿也進來了。一群過年才聚首的年輕人，滿坐客廳，一首接一首唱了起來，我恍惚覺得自己像闖進年少輕狂的大學時代，一開門就被囂張放肆的氣焰點燃，旺盛壯碩的靈魂在裡頭嘶吼，那些屬於我們的青春之歌，一曲一曲迴流：張宇的〈趁早〉、五月天的〈憨人〉、張惠妹的〈聽海〉、張雨生的〈天天想你〉、信樂團的〈天高地厚〉……

飽開唱時，我很想出去看看天是不是下了紅雨？自我認識他以來，從未曾聽過他唱歌，這天是不是天有異相？不然為什麼一向沉默寡言的男人都開了金口。「飽哥唱歌、飽哥唱歌了！」消息一傳開，外頭的長輩們都跑到門口張望。小歐吉的臉趴在玻璃門上偷看，一邊跟著旋律搖頭擺腦，我笑出聲來。宋叔索性推門進屋，背著手煞有其事大喊：「星探來了！」惹得一屋年輕人大笑。

我敲敲腦袋，這不是什麼天下紅雨，是家族引擎發動，點亮了我的世界。你看宋叔和爸爸等都跟著打起節奏，難以置信，內與外，相互接應、相互點燃。下一曲，妹婿點唱小虎隊的〈青蘋果樂園〉，旋律打響遙遠的童年，喚醒天真無憂的年代，所有的人，你放眼所見所有人，無不開始扭腰擺臀，各式各樣奇奇怪怪的動作，管他好不好看，啦——啦——啦——啦——盡情搖擺！間雜捧腹大笑、歡呼與吆喝，我突然想起了什麼，指著妹妹大喊：「這是妳幼稚園跳舞表演的歌曲！」

後來，阿里伯不走了，他插播一曲〈印崗戀情〉，我們才發現是客家歌謠。阿里伯聲如宏鐘，年輕人不住驚嘆。以為未曾聽過，「昨夜竹頭下／草堆做名床／蚊仔叮到／全全膨。」在需要應和的瞬間，無任何點提，全場青年皆自動大聲應和「全全澎！」恍若啟動某個神祕機制，外頭的媽媽和小咪為此拍掌大笑，這一代和上一輩就這麼接軌了，不可思議。

耳朵隆隆作響的後來，我推門走到屋外的茄冬樹下，大雨過後，葉子在滴水，踮起腳尖，撫觸一片葉子，晶瑩剔透的水珠沾上指尖，很涼、很涼。屋裡聲色效果十足，但這角落的寧靜，讓周遭一片祥和。當年留在樹下的那口井，用鋼筋象徵性地封起，一口井啊，世代相守，平時看也不看一眼，現下卻忽然明白了什麼。那些失落已久的傳唱早已消失變調，又怎麼樣呢？我們擁有這當下，不論世事如何變遷，我們還能團聚、還能合唱，就是萬幸。

一場大雨，洗淨萬物。白日的烏煙瘴氣早已遠去，我深呼吸，看著祖堂透著清亮的光，想起大院開唱，再次謝謝雨的魔法，謝謝中秋節。阿公阿媽，你兜（你們）有看到麼？無論過去多少辛苦委屈，這個家、這個村、這無月的雨夜，如此真實富足。那些失去的、執著的、付出與收受的，都在雨後清朗的夜空下一一現形，我收下自己的懵懂和妄自尊大，謝謝我永遠是這個家的孩子，有祖先慈愛、天地照看。圓滿原來是包容一切。

（攝影／洪璿育）

肆・

微苦——泥水落田

黑夜

飽蹲在後院角落，鋤頭用力敲著泥土地：「種什麼都失敗、種什麼都失敗。」像個生氣的孩子在洩憤。

我只是靜靜看著他，知道他無法再壓抑。鋤頭敲打的瞬間濺起些許泥土，泥土落地，什麼也沒改變。多懷念秋高氣爽的穩定天氣，卻是連日的雨。菜苗不是泡水就是被蝸牛吃掉，依然什麼都種不起來。

我很想跟他大喊：「不要這樣！」這不是土地的錯，卻喊不出聲。因為農夫盡力了，他做了所有他能做的事，但天氣一年比一年更奇怪，他只能不停播種、育苗、努力照顧、面對死亡；購苗、種下去、努力照顧、面對死亡……，如此周而復始，再努力也無語問蒼天。鋤頭在農夫手中曾經是劍，如今卻像燙手山芋，拿也不是，丟也不是。

秋天是美濃最豐美的時節，島嶼之南有金秋，不在紅葉，而是穩定舒適的暖陽照大地，這是農民大展身手的時刻，田就是他們的畫布，盡情揮灑。近幾年，美濃經濟作物大興，白玉蘿蔔、澄蜜香小番茄成為在地農特產，是秋冬的穩定天候能栽培的作物。但飽是奇怪的年輕人，不追潮流也不信邪，當人人都說夏天太熱不種稻，秋收又可能遇颱，飽不為所動，在農閒的盛夏插秧種二期稻，每天辛勤巡田水，睡前會開心地湊到我耳邊，神祕低語：「我覺得這期稻長得比春天的還好！」說的時候帶著一些驕傲。

我們沒料到，這一年秋收，會這麼辛苦。

天公伯徹夜不停的哭泣

我在廚房切菜，窗外梅姬颱風呼呼呼地亂吼，我專心切菜，風雨愈狂，我愈專注，一次比一次切得更認真。

生活在一座亞熱帶島嶼上，每年夏天總會歷經颱風。島民早已習慣，颱風像密碼一樣嵌進了我們的身體裡，面對颱風，我們見怪不怪。但每一年，還是免不了為電視上的災民悲憫怨嘆一番。反覆輪迴，不曾止息。

只是心疼田裡的稻子，我聽著梅姬狂吼，知道田裡的稻子們將不敵這風勢。切著菜，我只想做好今天這頓午餐、下一頓晚餐。因為我不知道什麼時候會停電、什麼時候會淹水。切菜告一個段落，想開窗探看後院剛栽下去的香草苗，我甚至不敢看。外頭狂風暴雨，飽心情沉重，前兩週剛過一個莫蘭蒂颱風，家裡頭一直瀰漫著一股哀戚的氛圍，此時飆漲到最高點。

我只能好好準備一頓正餐，切了很多老薑準備炒地瓜葉，加點大姑做的鳳梨果醬，還有甲仙小林媽媽們釀造的薑黃醋。颱風前在鎮上跟阿姨買了她媳婦做的豆腐，佐紅蘿蔔和洋蔥，淋醬油紅燒。飽用阿姨做的味噌蒸了母親買的魚——他曾說過想用自己種的黃豆跟阿姨學做味噌，卻一直苦無機會。

一期稻最後一袋自留米即將用罄，我們一直以為會有二期。因為，下、週、就、要、割、稻、了。還等著曬穀呢。

我知道田裡那些垂下稻穗的美麗孕婦們將一一倒下，夾帶著另外一個訊息：同時將出現更多受災的農林漁牧業的盟友。從事一級產業，與大自然共生存，你才知道自己的平凡與渺小。所以我安靜專注地備料，好好珍惜這餐飯，聽風聲狂猛拍打著窗。

是夜，風狂雨驟，夜半我甦醒，梅姬颱風走得好慢。整夜整夜，天空不停倒水下來，那水啊，一大盆一大盆，像有大量的情緒要長長宣洩一般。我在黑夜裡睜著眼睛，我聽見天公伯在大哭，像有什麼巨大不可言的悲傷，哭了很久很久，卻沒人聽到。怎麼了？怎麼會這樣呢？哭得我六神無主、心慌意亂，知道會淹水，會有土石流⋯⋯。山會不會崩？那些山區人家怎麼辦？我在黑夜裡睜大雙眼，想起八八風災──糟糕，島嶼的森林流水一定受傷慘重。翻身抱了飽，不知為何莫名清醒：「稻子沒了！」如宣告流產。我知道我們的稻子不過千萬分之一，尚有更大來不及知曉的災情，覺得人類好渺小、好渺小。

那是一種深刻的恐懼，人對應自然須「順勢收受」，這是不得不的學習。一夜睡不安穩，早上醒來，開窗探頭看一眼大院，院子前的雞蛋花被風吹斷了，風雨中有些淒涼。我坐在床側，傳 LINE 與父親母親說：「請不要因為這樣就叫我們別再繼續種。」還沒去看田，我已經先打預防針。

就是因為直接接觸土地與天空，我們才能從一次次的陣痛中，更了解環境的重要性，更清楚走下去得要多大的決心。是的，這決定撼動了一個家，父母親也因孩子從事一級產業，心情開始跟著土地的變化上下起伏，而緊張、而焦慮，因為電視上受災的農民，可能就是自己的孩子，距離感大有不同。

新女婿的固執與勇敢

清早，收到鎮上淹大水的消息。美濃橋下的美濃溪漲到與馬路一般高，鎮上拉起警戒線，美濃（又）淹水了，滾滾黃流占據小鎮。幾十年來多少次淹水，小鎮居民仍選擇住在這裡。我明白了一件事，不是人們離不開，而是人們不願離開，不願捨棄這個家園。再怎麼慘烈怎麼辛苦都沒有關係，大水會退去，家裡田裡，會有人在。想起站在第一線搶修與救災的工作人員、想起苦難中重新站起來的人民、想起緊緊抓住土壤的大樹、想起捍衛島嶼的中央山脈……。颱風一次大洗牌，是為了鍛鍊人的韌性、見證土地的生命力。

吃過早餐，風勢仍一陣一陣，呼呼拍打著窗。

我與飽說：「等一下跟你一起去看田。」不想飽一個人面對，要去一起去。

「好啊！」飽說。我看著飽的輕鬆自若，困惑於他似乎鬆了一口氣？

下一秒，飽笑說：「我都不敢去看。」打開廁所的門便走了進去。

我一轉身，突然有些鼻酸。他說的是那麼不經意，那要花多少力氣假裝啊……

兩人穿好雨衣，跨上機車，騎往田的路上，舉目所及，香蕉樹、玉米等盡皆凹折，馬路上四處是殘枝敗葉，散亂不整。我們像考試等放榜的孩子，戰戰兢兢、一點一點地接近榜單，就算你其實知道結果，就算希望渺茫，看到榜單一刻，仍然心一凜——稻子成片倒伏，像被風吹亂塌陷的毛髮。觀察它們倒伏的方向與姿態，彷彿看見稻子們苦撐的暗夜。我垂下臉，嘴上說著接受接受，終得接受時，還是需要勇氣。

我看著飽，走下田埂，如往常一樣巡田，看不到他的表情。

「我覺得這期稻作長得比春天的還好。」想起他睡前與我低語的驕傲。已經種得夠好了，誰想得到這夏天連來三個颱風呢？第一個尼伯特颱風，重創台灣台東，美濃稻作僥倖逃過一劫；第二個颱風莫蘭蒂，高雄港和市區飽受摧殘，美濃的稻作則少數倒伏；緊接著第三個梅姬颱風到來，稻子們再也撐不住，成片成片倒下。

我看著這位美濃新女婿的堅毅與固執，當你覺察到村子裡的眼睛——看吧看吧，就說不要隨便亂種，這下血本無歸了吧！飽只是蹲下來，摸了摸傾斜的溼透的稻穀：「還好，還沒趴到水裡。」起身，望向天空。

難道他在安慰自己？我以為大勢已去，已成定局。他卻不放棄希望，看得見生機？

吃一頓飯有這麼辛苦？

隔天，爸爸也跑回來看田：「嗯，等天氣好一點，稻子站起來，還可以收。」父親蹲在田邊，篤定地說。涼冷的天氣讓濕漉漉的穀子稍稍乾了，成片四十五度角傾斜的稻子，原來還能收啊？

苦等天晴。

颱風過後的西南氣流卻讓美濃一直下雨，雨直直落，落到最忙碌最熱鬧的白玉蘿蔔和小番茄播種的時節都過去了，依舊不見陽光。起初農夫們還勤於披雨衣出門巡田，到後來，只感覺到全美濃的農夫都在家無聊呆坐，唉聲嘆氣。

這雨下得啊……，我望天興嘆，田裡的稻子們沒趴落水裡，卻也沒站起來，就是四十五度角ㄍㄧㄥ著，吹風淋雨，自立自強。那些慣行農法的稻子種得密，不知為何開始紛紛生病，穀子從黃澄澄轉為黑嘛嘛，我們也跟著心慌。奇怪的是，田裡的稻子就是ㄍㄧㄥ得下去，至少，維持那個四十五度角繼續成熟。

成熟的同時，飢餓的鳥群虎視眈眈，美濃夏天稻子種得少，有得吃就瘋狂吃吧！飽巡田時不忘揮舞雙臂驅趕，他驅趕的樣子在我眼裡看來，又傻氣又可笑。鄰田大哥不死心，請工人在每一支電線桿邊上插定時鞭炮嚇唬鳥，沒兩天就全讓雨給淋濕了，滴著水的紅色炮竹，在風中有些寂寥。

我從來不知道，吃一頓飯，有這麼辛苦、這麼波折。夏天除了草長，還有颱風和鳥害，不過就是種個稻！

雨下了半個多月，我們每天在家裡大眼瞪小眼，心裡乾著急，這樣的天，稻子就算收了，能曬穀嗎？就算曬了，太陽不大，加上時不時陣雨，要曬多久？煙雨濛濛的日子談曬穀，天真得近乎愚癡。

穀子慢慢成熟，得在鳥群尚未吃光前趕緊收割，天時雨不雨，一割就要曬了。我們就快要撐不住，這黑夜什麼時候才會過去？我偷看一眼老天，已如此狼狽，這個節骨眼，要當笨蛋嗎？曬穀？我和飽面面相覷。

三颱米

早上醒來，我的眼睛紅腫。昨晚哭太久，都忘了自己是怎麼入睡的了。

難得回家，憂心如焚的母親早已在家等候多時，她有備而來，與我長談飽考公職的必要性。颱風吹垮的不只是稻穀，還有家人的支持。

「如果可以有份穩定的收入，就不會那麼辛苦了。」一開始，媽媽和緩規勸。

「妳不能因為風災就叫我們收手。」我說。

「我沒叫你們不種啊，我說做假日農夫，壓力沒那麼大，可以輕鬆下田多好。」母親循循善誘。

「這期種得那麼辛苦，妳非但沒給我們安慰，還叫我們放棄是什麼意思？」我的火氣上來。

「我是說，假日可以種，考一個公職比較沒有後顧之憂。」母親耐著性子，滔滔不絕，說現在正逢十大建設資深員工的退休潮，正是換工作的好時機，憑我們的資質，考份公職並不難。

我不要不要不要！拚命搖頭：「妳明明知道現在稻子長不好，還叫我們考試，根本是落井下石。」我瞪著媽媽。

媽的聲音跟著大了，她聲稱她只是不忍心我們看天吃飯，天氣不好誰也沒得吃。我一聽只差沒拍桌，大喊：「你們一心只在意錢，天氣一年不如一年，土地壞光光你們也不在乎。」一語畢我便大哭，連帶哭出這段日子的忍耐委屈，天氣讓我們陷於谷底，飽心心念念著把田顧好，用盡全力，卻不敵一份想像中人人稱羨的公職。

爸爸見縫插針：「其實美國才是罪魁禍首，新聞報告說美國一年汽車的碳排放量是全球之冠。」

我轉身怒視放風涼話的老爸：「這明明就是共業。」我們在高分貝的爭執中不忘談論全球暖化，但媽媽的焦點並不在此：「務實點吧鳳鳳，拯救地球前你們先救救自己。」爸爸跟著解釋：「媽媽是擔心你們的生活啦，反正地什麼時候都可以再種。」兩老你一言我一語雙向夾攻，我好累，回來不是為了吵架的，眼淚不停掉下來，稻子還四十五度角撐著呢，我還在這裡振振有詞。

兩邊各說各話，毫無共識，最後不歡而散，到底有沒有奪門而出，自己都不記得了。

老天爺，怎麼辦？我們太一意孤行了嗎？

驅車回美濃家的路上，遇到騎腳踏車去田裡的飽。戴著鴨舌帽的他一如以往，說今天起早去買了烘穀子的太空包。我點點頭，隻字未提家裡的征戰。

一回家，倒頭就睡，滿心疲憊難堪，在飽專注前往田的眼神中，緩緩飄散。

迅雷不及掩耳的眼前光景

吃午飯時，我們繼續掙扎到底要不要曬穀。即使飽已經準備好太空包，也打電話與烘米廠確認了，兩個傻子仍叨念著曬穀的可能性。烘米廠提醒我們，現在工廠雖閒，但有先決條件——穀子需裝足一粒太空包（容量約一噸的散裝吊袋）再送，風災因素現在大家都歉收，產量少得可憐，不足一粒（袋）不能烘。

比起產量，我們更在意送烘與否。午睡前，我看向飽，飽看向窗外，他的眼有話沒說。

午睡到一半，一位八十幾歲的老阿公騎著摩托車到我們家樓下，用客家話大喊：「割禾咧喔、割禾咧喔（割稻了喔、割稻了喔）！」大伯正坐在門前悠哉悠哉地畫門柱上的字漆，跟著用國語大喊：「阿飽——割稻了！」

迷濛間，我揉著惺忪的眼坐起身，搖頭晃腦地想：「什麼啊？我們根本沒叫割稻機好嗎？」飽卻像被啟動了什麼按鈕，一骨碌下床，穿上工作褲、繫上皮帶、三步併兩步下樓。我狐疑地看著他，不明白發生了什麼事。

八十幾歲的老阿公對飽招手，叫飽別拖了，趕緊跟他到田裡，因為他的稻子要被收割了。我還傻呼呼的，一切來得又快又急，這下要跟嗎？還穿著睡衣根本來不及換哪，下一秒，我就被機車載走了。

甫到田裡，便看到驚奇的畫面：老天，割稻機已經下去了！這年頭，除了叫天天不應、叫地地不靈，連決策也不由人。想割稻時乖乖排隊等都不一定叫得到的割稻機，在你還沒決定要割前就自動下去工作了。我的下巴快掉下來，只聽見老阿公在我身邊用客家話碎念：工人割了他的田，經過飽的田，覺得可以割了就順道割一割吧，卻百般找不到飽的電話，熱心的老阿公乾脆騎車來家裡喊：「割禾咧喔！愛割禾咧喔！」於是有現下這般光景。

我看著尾隨在收割機後方滿天飛散的鳥群，緩慢消化這個意外，在還來不及應對上一句話，飽已敏捷地發動機車趕回家，要取早上剛買好的太空包過來。

「車呢？沒車，你們怎麼載穀子？」站在貨卡上的阿姨對我喊著。

這麼臨時，哪來的車？老娘肯穿著睡衣站在這裡就不錯了。啊！前幾天大歐吉的小貨卡不是剛換電瓶才起死回生？剛把太空包遞交給阿姨裝穀子的飽，又趕緊回頭換開小貨卡過來載穀子。

飽忙碌往返跑的同時，八十幾歲的老阿公在田邊跟我叨念著這片田古早的景象。「頭擺啊，我同你阿公在這位幹活，那時節當苦啊，大家交工，沒停下來的喔，就恁仔做到暗晡頭。（以前啊，我和你阿公在這裡幹活，那時節很苦啊，大家彼此交換勞力，沒停下來的喔，就這樣做到天黑。）」我看著兩台收割機來來回回，把那些辛苦成熟的四十五度角都捲進機器裡，聽老阿公拉拉雜雜講述他和已故阿公交工的過去，忽然望見這片耕種了近百年的田，熱鬧又忙碌的縮時攝影。

「阿公，你的田在哪位啊？」我瞇著眼問。老阿公把手一擺，筆直朝東，我伸長了脖子張望。「有看到嘸？」阿公認真看著我，老人家的臉被笑容壓擠出一條條深溝，皺紋如咒語領我穿越一百年，時間倏忽被碾碎如雪花紛飛，我一一撿起、撿起。老阿公講得飛快，間雜許多術語，有時我聽不是很明白，但不知為何，這片田存在的意義，在他的神采飛揚間突然光芒萬丈。這不只是我們實踐理想的媒介而已，它橫跨多少世代彎腰的酸楚與快樂。

是啊，就是有那麼一小撮人，在田間反覆奔走，播種、除草、收割，在操勞與周旋之間，創造屬於他們的故事、他們的依戀。舉重若輕地。

老阿公不來，我根本不知道他是誰、不知道他與我阿公有著怎樣的過去、不知道他家與我家曾密切相關。彷彿嗅到半個世紀以前，什麼都仰賴人工，古老昏黃的氣息。彼時收割機還沒問世，我尚未出生。

就這樣割稻、烘穀了

而今，黃澄澄的穀子輕而易舉就倒進了太空包內，如一道美麗的金色瀑布。幫忙拉太空包的阿姨語帶驚奇：「哎喲，你們的穀子漂亮多了！這產量不錯、很不錯。哎喲哎喲，怎麼比那個一直灑藥的都好欸？」

「是嗎？」搔著頭，呵呵呵，我還穿著睡衣呢。

「無就共下（不然一起）送農會吧？」老阿公很熱心。

「欸，他們沒送農會，這有機的啦，不是有鴨，你知麼？」旁邊一位大哥忙不迭解釋。

「阿公，俚等自己賣米，人講福安有个地方分人烘無灑藥个禾仔，俚等愛送去該位。（阿公，我們自己賣米，聽說福安有個地方專門幫人烘無農藥稻米，我們要送去那裡。）」我絞盡腦汁搜尋有限的客家語詞，努力跟阿公解釋。

老阿公不知有沒聽懂，笑著點點頭。

變的是世代與方法，不變的是一種再種。

臨時出動的小貨卡，因兩粒鼓鼓的太空包，輪胎承受不住重量，顯得虛弱無力。飽努力地將太空包束緊，只見開收割機的大哥盯著輪胎怪叫：「載得動嗎？」

「死馬當活馬醫！」和飽一前一後跳上小貨卡，揮手再會。

我也不知道到底有沒有辦法成功送到烘穀廠，半路恰巧經過修車行，趕緊臨停請老闆娘幫忙。老闆娘直勾勾盯著兩粒圓鼓鼓的太空包，雙眼圓睜：「好膽！輪胎沒氣了你們也敢載？」

「硬著頭皮載。」我摸摸鼻子。

老闆娘蹲下為輪胎加壓打氣，一邊碎念：哎呀好危險欸，要是穀包跌下來，我是不會幫你們的喔，看你們到時候要怎麼掃穀子。老闆娘一邊碎念一邊走進廠房，拿了兩條塑膠繩給我們，好讓我們做拉撐，把太空包加強固定。

烘穀廠的老闆早等著我們了，他閒閒地坐在桌前，直說太空包上不用簽名了，這幾天就只有我們一戶來烘穀，他的機器都還沒清理咧。慢慢烘，後天來收穀子吧！

我看著他滿地高高的番茄苗，這個秋天讓農民種苗也死，沒種又過時。以往老闆忙烘穀兼農務，根本沒時間好好說上什麼話，這一次卻閒得發慌，又拉椅子又泡茶的，陪我們聊天。

聊什麼呢？聊風、聊雨、聊苦悶啊！

我們就這樣割稻了。

放棄可以成為美濃曬穀奇譚的機會，把穀子送去烘穀廠。雖荒謬臨時得如同一齣電視劇，我卻感覺到飽鬆了一口氣，稻穀和人終於都不用再撐了，憋了許久的鬱悶在收割一刻獲得解放。天不由人，天也由人，一切在莫名其妙間被安排得妥當，就讓更高的力量導引，出現諸多意外考驗你能否應對，也出現許多拉你一把的人。稻子令不認識的阿公、歐吉、阿姨、阿伯一一出現，連結起我們與家鄉。

努力存活下來的米粒們

呼——，這一波三折的稻穗啊，決定叫它「三颱米」了！歷經尼伯特、莫蘭蒂和梅姬三個颱風的吹蝕淋洗，一個夏日的潮濕炎熱、草與鳥群的襲擊，才有的收穫。

比起上一季稻作，三颱米並不漂亮，沾了些許泥土，有些許黑斑，它不是日曬米，我們卻感激人類發明了厲害的收割機和烘米機，讓我們沒有勇氣當笨蛋的同時，還有烘米廠的老闆與我們暢談烘米的技術與堅持。

是夜，夫婦倆的割稻飯簡簡單單，兩菜一湯，我心卻澎湃如潮。這一天過得好長、好久，自早到晚，恍如隔世。

來不及跟爸媽說，還考什麼公職，稻子收割了！我們歡欣鼓舞，隔天出了個大太陽，兩人盯著空盪盪滿布陽光的大院，默默承認沒能曬穀的遺憾。這就是人生，我在一點一點不由人中慢慢認清一切，一再練習，放下期待、順勢而為。如同妹妹說的：「姊，比預期的好就好了，說不定味道更加甜美，因為存活的米粒們經歷了很多辛苦，才撐下來的喔。」

烘米省事，有機器代勞，我們只管包裝與出貨，樂得輕鬆的同時，也悵然若失。白亮亮的米粒不再只是架子上的商品，它有溫度、有力量，蘊藏我們的淚水與汗水，滾進這個家的輪軸。

阿公，您孫女婿用不一樣的方法種您的田；阿媽，您孫女在不識字的您的木桌上寫下這篇故事。請您等繼續看顧大家看顧美濃，恁仔細（謝謝），安然度過每一次風雨考驗。老爸老媽，你等有聽見女兒心底的吶喊嗎：「三颱米愛開賣喂唷！」

土地就是藥罐子

我在田裡彎腰，拉平田畦，卻無法漠視遍地如石的團塊土。拉一拉總忍不住蹲下來，拾起團塊土，努力壓裂、捏碎。土塊硬幫幫黏結在一起，只能用手工讓它細細崩落。這讓我的工作速度變得奇慢無比。

「土為什麼這麼差？」我抬頭問飽。想起深山鬆軟芬芳的土壤，與家鄉的土地有天壤之別。

「地力耗竭，要慢慢養。」飽說。

原本只是蹲在那裡分解團塊土，撥著撥著就不知不覺順手又撿起土裡碎裂的黑色塑膠繩，這裡一條、那裡一片，愈撿愈多。土地埋藏許多祕密，除了土壤酸化的危機，還有代代農夫的耕種之道。為了不生雜草，農夫鋪上黑色塑膠布，但在收成後，為了省事，殘餘的塑膠布就在打田之時跟著一起打回土裡——為什麼不把塑膠布撿乾淨呢？就像人們開燈卻沒注意關燈一樣，聚焦在我們需要環境，忘了大環境也需要我們。

永遠忘不了，第一次在田裡撿到燒焦的塑膠團塊時，心底的震驚。收穫過後，農工將剩餘的廢棄物如塑膠布或包裝袋，就地燃燒。我好訝異，我訝異子民無心，大地母親卻無聲收受。我記得莫名湧現的鼻酸，祖先的土地被這樣使用，埋藏了這麼多農藥化肥與垃圾，而子孫渾然未覺。

家園之土，原來如此疲乏虛弱。我只能在這裡滄桑悲涼地拉田畦，卻怎麼拉也拉不好。

宛如住在巨大的醫院裡

難得北上台北婆家，之於熙熙攘攘、人潮洶湧的街道與捷運站，我們毫無不適應感。然而我驚訝的不是我們對都會生活的完美切換，而是和飽搖搖晃晃坐客運南返後，從旗山轉運站大包小包、騎著機車回到美濃，迎接我們的，那一股濃重的氣味。我皺皺鼻子，發現這股氣味，我並不陌生。

小時候，我不喜歡鄉下的味道。我不懂為什麼人家都說鄉下的空氣很好，至少我在鄉下跑來跑去、騎車兜風時，總難以擺脫掉那股在空氣中浮動的氣味——有點刺鼻，混雜著雞場豬圈的飼料和屎尿，逸散在風中。對我而言，這就是「鄉下的味道」。它成為一種印記，我假裝忽略鼻子的靈敏，隱忍不說。直到長大，我仍不明白為什麼大家會對鄉下的空氣讚譽有加。

「為什麼這麼臭？」我拉著飽，在風中抱怨。

「美濃農夫真的很勤勞。」飽說。

「蛤？」一時無法意會。

「農藥灑很重。」飽說。

冬日的美濃田園豐富精彩，農民如火如荼地忙碌，諸多經濟作物如小番茄等成為大宗，經濟作物須費心照料，農民仰賴藥物控管作物品質，每逢下雨，擔心潮濕引發病蟲害，就必須加班噴藥。猜想前日必然下了雨，不然不會這麼明顯。就在這一刻，我才把這氣味與小時候「鄉下的味道」連結起來——就是這味道！除草劑、落葉劑、各式各樣的殺蟲劑……，數種厲害的化工產品交疊，成為這時代農村特有的氣味。但以前這氣味沒這麼重啊！難道二十年來，農藥的使用量更大了？

離開美濃不過短短一週，迎接我們回家的，就是這嗆鼻的空氣。

事實上，這味道一直都在，有時隱而不顯，有時強烈得叫人心驚——除非我不呼吸，否則我得完全接受。欸，這明明是我家！我說服自己接受，但毫無辦法。我在生什麼氣？那憤怒隱微，但確實存在，我無法漠視，不想承認，也不願接受故鄉本來的面目。人家說美濃美濃，美意濃情，為她打造完美的農村形象。但事實是，她為完美的農村形象付出了巨大的代價。美濃人必須呼吸這樣的空氣存活。我難以接受，難以接受我們適應不良的，不是都會的繁華，而是農村的繁榮。

那是一種深深的無力感。我可以盡我所能努力淨化我的居所，卻無法淨化空氣。它無所不包，長年默聲不動，只要你回來，它會光明正大迎接你。你不能指責它，因為它本來就存在，如果你排斥，那是你不能面對現實。我被家鄉這個深重的見面禮打敗，抱著飽的腰，風中看望兩側青山，無聲苦笑。

夜裡吃過飯，和往常一樣出門散步。我一向喜歡飯後散步，鄉下安靜的月夜常能撫慰我。但這天，不論我們散步到哪裡，那股氣味都如影隨形，或重或輕。

我愈走愈生氣、愈走愈無助。「為什麼！」那股憤怒回來了，春夏的夜微涼，秋冬的夜卻淒涼。「走快一點。」飽拉著我的手，快步前行。

問題是我們怎麼走，都無法擺脫。我重新認識「空氣」，它無影無形，卻有天羅地網，你會永遠需要它，而一旦它翻臉不認人，你也永遠翻不了身。

「這片紅豆田，應該下午才灑過藥。」飽說。暗夜裡，路燈下的紅豆植株排排站得好整齊，整片田乾乾淨淨，沒有一丁點雜草。

這樣的田該被稱讚，此刻我卻只見人類過分幹練的控制欲。

「那片紅豆，噴藥就比較隨性。」飽繞走到北側的田說。

我轉過身，稀稀疏疏的紅豆苗，不算欣欣向榮，但味道確實淡一些。

恍惚間突然覺得，這裡好像一所巨大的醫院。這狀況，和我們日常走進大醫院撲鼻而來的藥水味不是滿相似的嗎？「對，土地就是藥罐子！」我像瞬間被打醒，突然大叫。我們的土地是生了重病吧？不然不會需要一直吃藥。農民餵土地吃藥，作物逐漸產生抗藥性，只好一年餵得比一年多，稍不留意，便可能少了收成。

我們住在醫院裡，卻不知道這裡是醫院。

一路散步，聽飽低低說著，應該要有更多的人搬到農村來，去認識我們的農業是怎麼操作的。如果有更多人願意來農村住一陣子，用身體去感受、去看見、去發現真相，如果愈來愈多人有意識地減少選用慣行農法的青菜，友善土地的農法才可能被擁戴，「鄉下的味道」才可能被翻轉。

我們不是沒有選擇呼吸的權利，我們只是了解得不夠多。

冬夜的美濃，山巒一樣坐守四方，靜靜地，無數訊息在空氣中流轉，只要安靜諦聽，就能聽見家鄉低語。某些訊息簡單深刻、某些訊息卻晦澀沉重，有時，參雜自身的情緒和辯證後，更加複雜難解。

「想念花蓮了。」我忍不住說。縱谷清新的空氣哪、立霧溪甘甜的水哪。

飽極輕極輕地點了點頭。

找不到呼吸的理由，我心慌意亂。下回再遇到美濃的新移民朋友，一定要記得詢問他們選擇移居這裡的原因。

散步一圈結束，走進家門，承認室內空氣確實比外面好。驀地眼前一片寂寥，寸草不生，沙漠無盡。

燕子今天有來嗎？

飽從田裡回來，跟我說早上田裡有好多燕子飛來飛去。

「真的？」我切著水果一邊想：我也想看！

「只有我們的田有。」飽說。

「為什麼？」我抬頭。

原來這並不是什麼繁榮美好的田園秋色。是田裡的毛豆長高了，葉子生得又大又綠，肥了蟲子。蟲子們毫不客氣，天天在田裡開 Party。成片的毛豆田雖一片綠意，卻被啃得坑坑疤疤。而燕子們並非憑空飛旋，田裡蟲多，燕子們就來吃蟲。那燕子多得哪，如鳥群遷徙過境，連續幾個早上都在毛豆田上空，流連忘返，低空盤旋。

我們為南方冬日的黃金暖陽著迷，卻也為南方冬日的蟲鳥之繁驚駭。燕子飛來吃蟲的食物鏈，是大自然環環相扣的真實風景。溫暖的南方田園，有各種各樣的生物優游其間，於農夫而言，卻是百般滋味在心頭。

飽堅持不灑藥的姿態，成為我六寮庄（南美濃）奇異的風景。隔壁鄰田知道我們不用化肥不灑農藥，他們的紅豆田下藥時，會特別小心一點。但飽不只一次與我提及身邊老農與親戚目光帶給他無形的壓力。蟲草影響作物生長，老農恨草，也見不得蟲，他們使盡千方百計欲除之而後快，只為種得更好。這種風氣之下，一個新進女婿，卻連有機農法使用的蘇利菌（一種讓蟲拉肚子致死的菌，於人體無害）也不願灑……

「我不想頭痛醫頭，腳痛醫腳。」飽淡淡地說。

田裡生滿了草，作物都被蟲吃，經過的人看了都搖頭：都放給蟲子吃，會有收成嗎？有時我們也不免心生憂慮。我想著燕子低空盤旋的熱鬧景致，想著蟲吃葉子、燕子吃蟲、人類吃鳥類如雞——那麼只有蟲健康，人類才會健康吧。但人類仰賴作物為生，而蟲危害作物，那人要把蟲怎麼辦呢？大自然的平衡機制到底在哪裡呢？

我們仍舊在生存與生活間掙扎擺盪，在看見燕子成群飛舞的一刻微笑，有點明白，大自然似乎都已經安排好了。

飽說他不灑菌，驕傲地說他的毛豆沒施肥，他想看見的，是土壤的力量。土地是母親，只要母親好，孩子（作物）就會好。但我們的世界被顛覆，化學肥料以萬靈丹的神降姿態，精準輸入氮磷鉀填充作物，孩子無需母親照料也能長大。土質不再被重視，農民被市場驅使得只見收成，無暇顧及地力養護。

我看著飽，知道他已經種田種到在思考哲學性的問題了。他總在思考這些根本看不到未來的細節。當所有人都仰賴外力抑制病蟲害、瘋狂追肥的同時，這男人用他奇怪的遠見去肉搏，我眼睜睜看著他挑戰，覺得了無勝算又唯恐他戰敗。

想養一片肥沃之土，天生天養，自然生息，成為一個遙不可及的夢。種田若不僅止於溫飽，是什麼讓我們坦然收受理想破滅的難堪？毛豆的收成到底會怎麼樣呢？我不知道。只能偷偷祈求蟲子吃慢一些，燕子吃飽一些。天留給我們多少，我們就拿多少了。

「燕子今天有來嗎？」成為我和飽冬日早晨的招呼語。謝謝燕子們到來，一掃蟲害的陰影，也揭示一條漫長無盡的道路：回歸自然的動態平衡。

渺小地站在田中央

我在田裡彎腰，拉平田畦。視團塊土為一種當然的存在。

這就是現在，我無法改變，只能隨之運轉。

土裡藏著細細的草根，新草的細根能鬆動土壤。蹲下來把玩草根，能聞到土香。想起小時候愛在沙坑泥巴裡玩耍，卻總被大人罵：「怎麼這麼髒！」過去習以為常，現在卻有些困惑：土壤恩賜我們食物，是養大人類的母親，我們食用的一切源自於此，何以，骯髒？是孩子貪玩，還是成人如我們太自視甚高？

不知為何，突然間感知到農民與土地的深重哀傷，好像自己某根神經瞬間與過去踩在泥土上的人們接上線了一樣。

是的，沒有任何農民喜歡灑藥。他們出於被迫，因難以負荷大量勞動，農藥與化肥是天降奇兵，拯救與解放了他們，努力工作養活一家大小，到頭來卻被指控為加害土地的兇手？事實上，農民不過是一群訓練精良專事生產的工人，有做就有飯吃，沒做什麼也不是。過去農民苦，苦在除了勞動，還有讀不了書的卑微。機械化破解了苦勞，卻也迫使他們必須大面積耕種，才有辦法生存。他們是不夠勇敢，他們是百般無奈，因為他們是這樣長大的。誰想拚命灑農藥？誰想一直施化肥？可誰敢不灑？誰敢不施？走過病蟲害囂張、作物不興的年代，沒人敢跟自己的田過不去。當市場渴求肥美漂亮的農產品，當傳媒不停灌輸愈多愈好的錯覺，有人記得跟農民說：莫忘養土嗎？

起身，繼續拉田畦，我不適合務農，工作效率好低，就像我也要花這麼長時間才慢慢理解世界的運作。我會錯意了，老農並不是加害土地的兇手，是我們、我們自己，是我們長久追求資本的執著，根深柢固、訓練有素。

夕陽西下，風涼，送來幽微的「鄉下的味道」，拾起硬幫幫的團塊土，多渴望看見土地悠悠醒轉的面容。天地無聲，長路漫漫，渺小的我站在田間，把團塊土細細剝落。

永遠做不完

「親愛的，收黃豆真的好辛苦，不要再種黃豆了。」我說。

飽點點頭，沒有作聲。

這一季，他沒種黃豆，種了黑豆。

我只想翻白眼。種豆子耗時費工、勞心勞力，我實在想不透為什麼要繼續種。

可是當自己，捧著自家收成的黑豆打豆漿，聞著淡淡的豆香，加一點黑糖，攪拌時看著澄澈的灰黑色漩渦，一杯溫熱捧在手心裡，端上桌，看著飽喝下，露出無聲讚美的神情，又覺一切溫暖值得。

黑豆漿真的很好喝，跟過去在外面喝的豆漿完全不一樣。

濾起來的豆渣很營養，我捨不得做堆肥，飽拿來做豆渣餅，參一點現磨的米粉、打一顆友人家的雞蛋，細火慢煎，撒白胡椒、淋上醬油，咬下第一口的香氣，我沒齒難忘。

沒完沒了的家庭手工業

晚間九點鐘，我走出客廳，大院車棚內的日光燈還亮晃晃的，媽媽、飽和妹妹都蹲在地上挑揀著豆子，他們彎腰的姿態，似乎已經持續很久了。只有爸爸站著，兩手交握在肚子前，來回踩著滿地豆莢，踩累了，就拿木棒子來打，滿院子都是乒乒乓乓的聲響。

「好了啦，晚了，該收工了。」我說。

「還有這麼多，再做一下。」母親頭也沒抬。

妹妹看了一下我，無奈地笑了笑，又繼續低頭幫忙。

很久很久以後，我仍然會記得這個畫面。我站在客廳大門前，看著家人們為農作忙著，鄉下的夜晚，我們不僅沒時間在大院泡茶閒聊，還有做不完的農事。我的父親母親，不忍看飽一人獨自面對滿地小山也似的黑豆莢，全部下來一起做。因非大量種植，採收不仰賴機器，即使豆莢完全乾燥，也不一定會爆裂。那些沒有爆裂的豆莢，就需要人工使它們開裂，讓黑豆一一跳出，再視黑豆的大小、顏色和完整度分類，一邊撥豆一邊挑豆，簡直沒完沒了。

我其實不明白為什麼他們願意做這麼多，媽媽的腰都直不起來了，妹妹明天一早還要上班呢。已經連續好幾天了，他們或在大院、或在客廳，有時看媽媽挑到眼淚都流下來了，燈光太過昏暗，沒有適度休息，幾番勸阻卻無法令她停下來。有一次我火氣上來，聲音也就大了：「都幾點了，這是超時工作，你們會不會太賣命！」

媽媽起身，把我拉到一旁，低低說：「欸，這次的豆子漂亮多了！妳不常在家，不知道上一次黃豆有多差。」

「這跟超時工作有什麼關係？」

「人家挑豆子不都是一盤豆子撿不好的豆子起來嗎？上一次那豆子差到，一盤豆子我們挑好的豆子起來還比較快。我看阿飽的臉都綠了，跟妹妹都不敢多說。他挑著挑著，挑到一半突然起來去翻其他袋的豆莢，我還偷偷跟著跑去看喔，結果好像也一樣。我怕我站在那裡阿飽會沒面子啊，又趕快跑開，跟妹妹躲在外面看，他一個人在客廳蹲了好久欸，妳都不知道他那個背影有多……，哎呀，讓人看了就……」媽媽找不到合適的措辭，皺著眉不停搖頭，滿面盡是不忍。「所以啊，能幫我就要盡量幫！這次的豆子那麼漂亮。」

我聽得一愣一愣，轉身看向飽，他一樣蹲在大院裡，一如以往撥著豆莢。

這是一種很奇怪的現象，我的家人參與農事，比我還投入。連幾個月為了活動與演講東奔西跑，田裡的作物由飽一手包辦，是爸爸媽媽看著飽，一路這樣種過來。我是不是錯過了什麼？摸摸鼻子，不再作聲。

晚間十點鐘，飽上樓洗澡，我下樓關門，見妹妹揉著眼睛打呵欠，媽媽也明顯露出疲態，母女倆還在大廳上苦撐，我終於忍不住，「啪！」一聲關燈，兩手插腰大喝：「夠了，睡覺！」

真是怕了田

這幾年氣候異常，天暖，我的冬衣到現在還沒拿出來；天暖，連作物們也困惑不解，往年慢慢轉熟的毛豆，短短幾天內便瞬間熟透。

其實飽根本來不及反應，只能拚命採收、採收、採收，我也下田幫忙，高雄的爸媽聞風趕來，他們卻愈採愈擔心，毛豆這麼多，怎麼賣？「鳳，拚一下，統統收起來，燙熟以後冷凍，慢慢賣。」母親說。我一邊拔毛豆一邊想：我們必須因毛豆突然熟透就趕著賣嗎？是為了這個才拚命採收？我們擔心毛豆量大，須更努力行銷嗎？還是該害怕毛豆老掉變成黑豆，將來會更費工？

二分地的毛豆，蘊藏飽一季的辛勞，我還看得見秋天學生們為毛豆田畦鋪上的黃色碎稻稈，一層薄薄的稻稈護衛著毛豆小苗，飽故意不施肥，任其天生天養。相對鄰田因灑藥控制良好而顯得一片靜悄悄，我們的毛豆田如此熱鬧：蟾蜍、青蛙、蚯蚓、蜥蜴、隱翅蟲、田鼠、南蛇……。蝶來了，生了蟲，蟲來了，引來鳥，眾鳥盤旋低飛，換來一句「燕子今天有來嗎？」的夫妻問候語。多謝燕子幫忙，這一季的毛豆，長得真好，只是一下子全熟了，殺得我們措手不及。

我發現些許毛豆已開始轉黑，豆莢慢慢乾燥後就會變成黑豆。擔心採收不及，也害怕滯銷，已經那麼努力採了，還有那麼多排毛豆等著。飽怎麼就是不用機器採收？我們人力有限，天天下田好累，其他工作都被耽擱，而且就算毛豆拔完了，緊接著花生要除草、地瓜要挖……。我焦慮又心急，做到一半索性坐在田埂上哭了：

「做不完、怎麼做也做不完啊！嗚——」

媽媽見了，氣急敗壞上前：「妳在幹什麼？大家這麼認真，誰說做不完？慢慢做，一定做得完。」

隔天早上，媽媽說動小阿姨一家，連同弟弟妹妹，全家總動員，帽子袖套水壺凳子，裝備齊全地出現在美濃家門口。

人多好辦事，我能幹的母親迅速擬定毛豆採收SOP，分有拔植株組、撥毛豆組、挑選分類組，還有善後組。小學五年級的小表弟睿睿第一次蹲在田裡，他被指派的工作是專撿掉在地上的毛豆，一個都不能少。此時妹妹已懷有五個月的身孕，她搬了一張小椅子，坐在田埂上撥豆莢。

「大姊，這毛豆上有蟲欸！」小阿姨大聲嚷嚷。

「阿飽沒灑藥啊，把牠弄掉就好了。」媽媽老神在在地說。

我和弟弟蹲在田間拔著毛豆植株，飽和爸爸一把一把抱上田埂，讓媽媽等三人一一撥下。小表弟睿睿在田裡跑來跑去：「地上的毛豆不好找欸。」小姨丈站在田埂上抽菸，說等一下去買飲料給大家。

我心裡過意不去。看弟弟做沒多久便渾身發癢，起了疹子；大肚子的妹妹仍在田埂上彎腰；聲稱不再下田的爸爸又下田了；媽媽為此張羅這安排那忙著照顧大家，更何況還麻煩小阿姨一家。有意志力強大的母親在，就算想休息，也沒人敢吭聲，一幫人就這麼做到天黑，「今天進度不錯。小妹你們想吃什麼？等一下我請吃飯。」媽媽笑問小阿姨。

母親的聲音在昏暗的天色下像一把帶光的劍，劈入我心底。她明明累了，還假裝充滿活力，她愈拚，我就愈難受。這樣勞師動眾、大費周章，還讓父母破費，我們是永遠都長不大的孩子？我做不完，也過不去，壓抑許久的情緒找不到出口，遂把問題統統指向飽的田間管理——誰叫他種這麼多？種這麼多，賣不完也吃不完，讓大家操心就有！

那天夜裡送走家人，我與飽大吵一架，拜託他別再拖家人下海了，擬定精確的耕種計畫吧。別種那麼多，所有人都為了支持他耕種而犧牲自己的假日，他怎麼不想想其他辦法？仰賴家人終非長久之計。

飽的臉色陰沉，他不發一語，周遭充滿低氣壓。不擅言詞的他，不像我砲聲隆隆，而每當遇到棘手狀況，我最恨他的沉默：「你說話、說話啊！給我說清楚！到底要怎麼辦？」飽轉身下樓，狠狠甩上門，「碰！」好大一聲，在屋裡來回震盪。

田海無涯，我想放棄。這不只是耕種計畫的問題，氣候變異整慘了有機小農，談什麼自給自足、半農半X？我不過是分身乏術、自身難保的假文青。

想起母親在廚房裡俐落涮毛豆的樣子，一邊說著：「鳳鳳，氽燙要快，一分半就可以撈起來了。」「起鍋以後要趕快冰鎮，過冰水才會常保鮮綠，不然賣相會不好。」「齁，這個做毛豆炒飯很好吃欸，爸爸最喜歡了。」一鍋鍋青綠的毛豆冒出熱騰騰的蒸氣，溫暖整個廚房，勞動的身影兀自碎碎念著：「下回我去買一個大一點的鍋子，煮毛豆才方便哪。」

我只是捨不得，捨不得讓家人跟著我們吃苦；捨不得，終日埋頭苦幹的飽，會不會把身體也賠了下去？

我怕了，我真怕了田。農忙時期，從土地到餐桌毫無浪漫可言，當你明白這有多麼勞心勞力。我們只是不停地做，做到好不容易當作物變成食物上桌，也沒太多時間或興致享受它的鮮甜，滿心只想著還有多少訂單沒處理、還有多少產品該包裝。

愈疲累，愈振奮迷人

到祖堂拜拜，敬天時，能見禾埕上滿滿褐色的黑豆莢，一早飽和爸爸就搬出來曬的。

「啵！」我聽見奇異的聲音，那是什麼？走到禾埕上，背靠花圃盤坐。

冬日午後的空氣並不悶熱，待久了還挺溫暖的。「啵啵！」小小的聲音乍響，震動我的耳膜。

起身，靠近那聲響，這是黑豆發出的？

「啵！」又來了，非常細微、清脆，而且好聽。我愈靠愈近，趴在地上看著黑豆莢，連豆莢上褐色的細毛都看得分明，有黑豆滾落。「啵！啵啵啵啵！」我的眼睛一亮，笑了，這聲音好可愛、好好聽啊，我怎麼從來都沒有發現？站起身，不規則散落一地的黑豆，在陽光底下閃閃發光。

陽光如火烘烤，時候一到，豆莢爆裂，黑豆種子就這麼蹦出來，一顆一顆，像在說哈囉哈囉！我坐在這裡，靜聽無數細小的出生：「啵！」「啵啵！」，突然間覺得時光無限靜好，那些疲憊委屈瞬間成為過往雲煙，我得到安撫，緩緩被平復，簡直神乎其技。

想起我們把黑豆莢收回家時，妹妹偷偷撥開其中一個：「哇──好大顆喔！」的驚嘆，她的眼睛亮亮的：「這真的是毛豆變成的？」像發現一塊人生新大陸。想起母親帶一袋曬乾的大黑豆回家，夜裡打電話來：「我們今天晚上吃黑豆排骨湯，欸，那個大黑豆，好好吃喔。」她興高采烈，反覆重述「好好吃」很多遍。而今我坐在這裡，諦聽陽光與豆莢的交響曲，發現自己人生的新樂章，帶著相似的驚奇與滿足。

作物一生努力成長，只為供養人。它們不在意自身價值，是人類逕自賦予它們價格，訓練有素地計算成本與利潤，為此疲於奔命，奮力工作卻不自覺遺忘耕種的本質，直到有一天，突然想起，連自己怎麼遺忘的，都想不起來。

安然順應時序，保有自己的節奏，真的很不容易。

我做了人生第一鍋蜜黑豆，獻給農夫飽。「不能太甜，太甜會搶走黑豆本身的甜味與香氣。」努嘴抬下巴，這是母親告訴我的。飽用稻稈包覆黑豆製作納豆，他愛吃納豆飯，一餐飯可以配一碗納豆，邊吃邊嘖嘖：「真的是愈臭愈香。」

我們，好像又忘了曾有多勞苦多狼狽。

如此反覆，耗去比想像中更長的時間練習，才學會「捨得浪費」——做不完的，就留在田裡；賣不了的，就留著自用。慢慢來，耕種是為更好的生活。

因為有很多黑豆，我們向山腳下的阿姨學做醬油。阿姨指著一甕釀製三年的醬油，掀開鋼盆蓋與棉被：「你們聞聞看。」

我發誓，我不會忘記這個氣味，我不想忘記，因為被深深療癒——真正的醬油，原來味道這麼純、這麼質樸。是我們遺失了這個能力，那是用手、用心、用漫長的生活與時間去堆疊出來的。「食物真的太神奇了！」我情不自禁地拉著飽的袖子嚷嚷：「回去也用我們的黑豆來做醬油。」

臨別時，阿姨送自己做的兩大塊黑豆腐給我們。灰白色的黑豆腐，切成小塊小塊，不需要特別料理，單吃就非常好吃。

從此我看豆子的眼神不一樣了，那是從種子開始一連串的奇異旅程。不知不覺，從薄鹽毛豆、毛豆炒飯、毛豆麵包，到黑豆漿、豆渣餅、蜜黑豆、黑豆排骨湯，到納豆、豆豉、豆腐，以及我無法忘懷的純釀醬油。

仍舊腰痠背痛、仍舊勞心傷神，卻慢慢甘願了。我們將不停不停發現自然的驚奇，同時也不停不停探測自身不可思議的毅力，然後一點一滴看清楚：土地給予我們的，其實未曾匱乏。
來吧，可以繼續種了！沒有關係的，愈疲累，愈振奮，愈迷人。

我是一個偽農婦

曾有一個夢，關於晴耕雨讀、半農半寫作的生活。飽喜歡種、我喜歡寫，若能邊寫邊種該有多完美。但實踐起來卻困難重重，並非務農或寫作本身的難度，而是我不耐耕種，就算我多希望自己能夠種下去。

下田後，我發現自己耐不住農事的反覆與操勞，無法像飽一樣終日蹲在田裡。我冀求自己腳踏實地，像個真正的農人。我試過，可惜我不是。比起務農，我更甘願坐在電腦前敲字。我可以連敲三天的字都不覺無趣，在田裡除草一天就感到厭膩。終於我承認，自己不如理想中務實，很長一段時間，我下田的動力多源自於朋友來訪，應朋友期待，領他們到田裡體驗，一起幹活新鮮有趣，每每重新燃起我對田的熱情，然而當人去樓空，我又開始對田產生倦怠。為此我感到羞赧，卻又不知如何應對，偽農婦的真實。

我何嘗不想像其他農婦一樣，和男人一起下田，夫唱婦隨，相互支持？但多數時候，我只是從書房裡探頭，看飽走進走出；跑外頭上課、演講、帶活動，晴耕雨讀的田園之夢，逐漸離我遠去。

早也巡田水，晚也巡田水

在我結束一趟遠門行程後，飽興沖沖問甫回家的我：「要不要一起出去走走？」我搖搖頭，表明只想休息，知道他想出門透透氣，我反問飽：「你考慮過一個人的小旅行嗎？」

「想回花蓮農場走走，複習BD農法[1]的實務操作。」飽說。

我瞪大眼睛看他，為著他連旅行都在想如何把田照顧得更好。「只是田沒有人放水……」飽喃喃，連兩天巡田水未成，每回放水都被人截去，水田就快乾了。

「我來！」我舉手。男人難得興起出門，無論如何一定要讓他成行。飽不安地看著我，我拍拍胸脯保證我可以，只要他願意教，我一定可以顧好田。

於是我送飽去車站，看著他背大背包的身影，用力揮手，對於他首次單人小旅行，寄予無限祝福，也對自己首次看家守田，有了忐忑的期待。

直到騎車回家後，我才明確感受到角色對調的訊息，過去都是他一人獨守這個家、這片田。而今我才真切體會，空盪盪的感覺。

為了承諾，我早也巡水、晚也巡水，卻遇到跟飽一樣的困境——不論怎麼放，水都被人截去。我一會兒蹲在田裡看稻子，一會兒騎車沿水圳繞上繞下，查水流方向、重新放水。我記得飽站在水圳裡疊石頭的話：「現在人人要水，不要全部留給自己，分一些給別人。」惦念這樣的溫柔，依樣畫葫蘆，直到深夜巡水，水再度被攔截，才知道大家自身難保，沒人會想分給我們。

1 BD農法：BD（Bio-Dynamic）農法，自一九二四年由有機農業組織DEMETER創立，又稱生機互動農法。倡導恢復土壤活力，注重生物多樣性、堆肥、輪作、綠肥和休耕等原則，將動植物、生態環境、地球運行乃至宇宙星辰視作一個活的有機體，而人類的參與為環境正向運轉的動力之一。是思考自然生態平衡與內在自我調和的哲學，也是一門研究生命動力的科學。

連巡兩天，乾脆帶筆電來田邊工作，看著水進田裡。只要水一停，我能立時知道。

大清早，我抱著筆電來田裡。豪邁地跨坐在水圳的水泥基座上，小板凳是我的書桌。晨光一點一點照了進來，除了敲字聲，還有流水聲。靜謐的早上，鳥鳴啁啾，田有安定的力量，悄悄鑽入心底。忍不住抬頭看望這片田，彷彿看見飽不多說，埋頭做事的身影。

我撐著腮幫子，瞇眼看風吹毛豆震顫的姿態、花生苗打開葉子吸收日光、青草萌芽、稻草鋪地⋯⋯，我才發現這片田，是飽獨一無二的創作。

想起前日下午隨飽來田裡的自己，想起那個日漸背離的夢。

一己之力開創的小天堂

這一季，飽多種了朋友家四分地的稻子，加上自家兩分地，夏天靠穀子應該足夠了，我向飽勸說：「今年稻子多，別再種其他的作物了。」看似建議，實則不願飽那麼累，能留點時間好好生活。

但飽不為所動，一樣埋頭苦種，每天每天去田裡。有時真想不明白，田裡哪來那麼多事好忙？直到前日，飽與我說，他在田的後方，挖好了一個堆肥洞。我才想起這個自己遺落許久的願望。

黑豆採收後，整個初春我們各忙各的。飽每天都去的田，我十天半個月才去一次。直到堆肥洞出現，提著生廚餘到田裡那個下午，我才豁然了悟，這個悶聲不吭的農夫都在忙些什麼。我不停勸說別種那麼多，皺眉碎念加抱怨，唯恐最終又將搞得人仰馬翻，飽卻繼續埋頭苦種，那是因為，他有他的小天堂。

「這是什麼？」我蹲在一株小綠苗前，它發芽的樣子像伸懶腰的嬰兒。

開始認識各種食物 BABY 的樣子，飽的田豐富又奇妙，我沿著田埂走，在心裡數數，努力記下它們的模樣：一排花生、一排毛豆、一排地瓜、一排南瓜、一排花生、一排毛豆、一排地瓜、一排南瓜……，最後是四、五排的玉米。

「這是哪門子的種法？」我失笑。當人人都大面積種植單一作物以求取利潤。

走到田後靠近水圳的地方，才發現飽還橫向種了成排的菜苗，太可愛了，開始一直追著飽問：「這是誰？」「那是什麼菜？」「它們要多久才會長大？」「哇，好神奇喔！」高舉雙手大呼小叫。

那天下午，我無法遏止自己像個小朋友，跟在飽屁股後面，不停問問題、猜答案。茄子、青椒、秋葵、空心菜、萵苣、最後還有一排木瓜樹苗，而在我的堆肥洞旁，有一棵香蕉樹當門神。

喔，堆肥洞！這才想起來田裡的目的是為了用堆肥洞。飽隨手在堆肥洞周遭用幾根木頭排了八角形，邊邊放了一朵花，很美。我倒了家裡蒐集的生廚餘，小心蓋上茄冬樹乾燥的落葉，又迫不及待繼續追著飽，跟前跟後。他到後方水圳提水，幫空心菜苗澆水，一瓢一瓢地澆灌。我蹲在那裡看，感覺自己像回到小時候，跟著阿媽在田裡跑上跑下的日子。但這是一個嶄新的童年，只因我的舊童年，田是髒的，跟著阿媽只會哎喲哎喲地叫，皺眉加踢腳，滿心想著阿媽採菜動作能不能快一點，田裡怎麼這麼多蚊蟲！

而此時，我卻忍不住提著淨空的廚餘桶，有樣學樣到水圳裡撈水，想像自己是個細心的園丁，只是澆澆菜，就覺得自己超厲害。

飽的田畦拉得相當平整，有細膩的設計。須保留生長空間的南瓜以及部分小苗，均一一鋪上覆蓋物，不僅抑制雜草，也能保濕。覆蓋費力耗時，我看到他無所不用其極的努力。從曬乾的稻草、玉米梗、黑豆植株、黑豆殼，以及不知從哪蒐集來的落葉，都成為作物的床，以一人之力，開創屬於他的小天堂。

植物終其一生努力長大，供養諸多生命。人將其收成後，植株本身便失去價值，要不打掉、丟掉或者燒掉，但在眼前，這些剩餘的植株都被曬乾回歸土地，鋪成苗床，看似樸拙，一眼便可望盡，卻需要極大的耐心。我蹲下來，隨意拾起一個細碎的黑豆殼，想起父親在燈下踩豆莢的身影，想起母親挑豆挑到深夜流下來的眼淚，如此小心翼翼收集黑豆，而農夫還沒忘地上堆積如山的黑豆殼，它們沒被清整倒掉，反而回到這裡，繼續養護下一代黑豆。

一點一點參與了我的農村

一個嚼著檳榔的阿公在路邊停下機車，用客家話朝我們喊：「阿姆啃，這个田啊，捓草會捓死人喔（我的媽呀，這個田，光是拔草就要人命喔）！」我笑了，向阿公揮手致意：「偃等（我們）知啊！」。轉身翻譯給飽聽。飽靦腆地笑笑，不以為意。

我知道我的純欣賞不會維持太久，很快我們會進入瘋狂的除草地獄。但是啊，我站在前頭，看這綠綠的田，後方成排木瓜苗會長成樹，前方成排毛豆像小尖兵，左面是飽用心維護的田埂，右面有慢慢長大的金露花，這四面圍起來，就是他的小小天堂，有地瓜、花生、玉米、南瓜、毛豆間作，還有數種青菜，隔壁的水稻們，又長高了一些。

我記得那個下午，在田裡逛來逛去，一股淡淡的感動湧上。

這片田，真的很美。

突然明白，這一小塊田，就是我們的孩子、這個家的結晶。就算無人懂得，就算冷門的BD農法讓飽在美濃顯得孤單，他還是辛勤呵護照料，沉默堅持。直到此時，我才看穿自己的脆弱與驕傲，那個夢其實不難，是我自己眼高手低，我向田低頭，而田賜我溫潤。這天沒什麼不同，鳥兒在田間穿梭，飛蟲舞在陽光裡，空氣中的細小微粒都變成金色，我靜靜敲字，潺潺水聲中，隱約能聞到農業灌溉用水的化學氣味，而我毫不在意，因為飽呵護的小天堂好美，贈予我這個舒暖深邃的早晨。咕嚕咕嚕的流水聲陪我敲字，稻子喝水的同時，我也被滋養。就算水被截斷也沒關係，我可以走過去，和更動水道的人好好溝通。

鄰田的大哥正在整理水圳邊側的土，窄窄一壠土他也種上菜。他詢問我水田放水的狀況，一邊看著雜作田，最後終於忍不住問：「你老公的田，是在做什麼實驗？」他不懂，難解的神情就像過去的自己。我笑出聲：「歡迎你下來看看哪！」沒說我也花了好長的時間，才一點一點明白。

若想理解一個對象，必須先把自己變成他，才可能真正懂得。有一天忽然懂了，那可不只是對象而已，連同田的奧祕、自身的缺口，都將迎面襲來。

後來，一個叼著菸的胖阿哥走來，作勢截水。我鼓起勇氣走上前，用客家話跟他商量：「阿哥，分偃一係水好麼？（大哥，分我一點水好嗎？）」阿哥打量著我，陽光下看不清楚他的臉，我跟他又多聊了幾句，阿哥沒再多說，看了我一眼，把我這頭的水門拉開，下面墊一塊石頭，留一半的水給我。

我就這樣，一點一點參與了我的農村。什麼時候開始參與的，自己都不知道。

走回田的小路上，發現陽光不知不覺已移轉至田的末端，水圳旁的菜園終於照到陽光。我才恍然大悟為什麼選擇在田的後方種菜，只因這裡陽光進來慢、離水近、菜才不怕曬。以為飽都隨意種，沒想過一片田要隨天地運轉，與日月並行，須知悉四面八方的變化，才可能有好收穫。

親愛的，我從來沒這麼深刻地尊敬過，選擇做一個農夫的你。

若不是一人獨守田，我不會理解這些。不會想起嚼檳榔阿公的可愛，遇見鄰田大哥的好奇，也不可能發現截水胖阿哥也有一副好心腸。

這片田有我們的苦澀，但真的很美。適合安靜寫字、閒聊、觀察與沉思，關於我們這兩年返鄉，關於失去與獲得的。

安心旅行與放假吧，為了更長遠的路。我會在這裡清醒地等待，等待水田的水位升高；等待著草長長、作物長大；等待著哪一天，為草瘋狂忙碌而不再埋怨。

若能等到，這後方菜園收割，也許，我們真能在田間煮大鍋菜呢！

伍・
百味——遊子靠岸

（攝影／洪璿育）

我家旁邊有座廟

晚飯後，和飽手牽著手去散步，幾乎變成一種習慣了。

走出家門後，才發現鄰近的濟公廟，聚集了好多人。這麼晚了，夜裡每天都安安靜靜的廟宇，有什麼事嗎？

我和飽不約而同改變散步路線，走到濟公廟前張望，人們圍聚在廟前廣場，不知在等些什麼。從晚餐時分起，附近時不時就有人放炮，我卻想不起來，今天是什麼日子？狐疑地在廟前探頭探腦，卻搞不清楚所以然來，只好離開濟公廟，繼續往前散步。

走沒有多遠，就聽見右側前方傳來鬧哄哄的聲響，夾雜煙火和奏樂，那是我們家的方向。我停下腳步，穿越暗黑的田望向家。

「今天濟公出巡，好像要回來了。」飽說。

「濟公出巡？你怎麼不早說！」我睜大眼睛。

「住前面那位阿公從過年前就在整理轎子，妳沒看到這幾天神轎都擺廟前嗎？準備很久了的樣子。」飽說。

「轎子？」我完全沒注意啊。這男人明明知道發生什麼事，卻總是恬恬吃三碗公。「濟公要回來，當然要去迎接啊。」我拉著飽的手，立馬折返，不知不覺，兩人都愈走愈快。

飽想湊熱鬧，而我只想迎濟公回來，因為濟公，是我很重要的人。

隨著走近，聲音愈來愈大。人更多了，不遠處傳來嗶嗶叭叭的嗩吶與咚咚隆咚鏘的鑼鼓聲，附近住家輪流放炮，暗黑的夜空三不五時有煙花綻放，你仰望夜空，像孩子一樣驚嘆。人們持續到來，青少年的機車在廟前甩尾，突停。阿伯叼著菸幫忙挪停車位，年輕人拉了拉肩上的皮衣外套，讓人印象深刻。

不自覺跟著興奮起來，原來村子真有這麼多人。平時靜悄悄的，靜到你懷疑這村到底還剩多少人，只是沒機會聚集而已，這下全在這了。我站在廟口，瞇眼望著家的方向，濟公巡到我們家隔壁了。工作人員正在廟前的馬路兩側，擺放成排的煙火和鞭炮，氣勢驚人。

「如果妳阿媽還在，一定會很高興。」飽伸長脖子說。

我看著他，想到阿媽的臉，夾雜老家過去悠悠歲月，用力地點了點頭。

曾經是阿媽的最佳拍檔

一片人聲鼎沸中，濟公廟的鐘鼓聲響起，這聲音是我極其熟悉的：回來以後，我才知道何謂「暮鼓晨鐘」。每日清晨五時和傍晚五時，濟公廟必敲鐘擊鼓。而此刻，鐘鼓聲引我上溯——阿媽牽著我的手，指引我跪趴在濟公面前，長年駝背的她行動遲緩，扶著前頭案桌，緩慢屈膝，跪下，口中喃喃訴說著什麼。年幼的自己什麼也不懂，只是看著阿媽虔誠祈求，香煙繚繞。

過去阿媽什麼事都來問濟公，生病、考試、出國、旅行，大事小事，無事不問。只要我們回鄉，阿媽都會領我們前來，向濟公祈求健康順利。即使子孫不在，若阿媽知道家中有誰不順遂，她一樣獨自到濟公廟，跪在大殿前紅色軟墊上，手扶案桌，駝背舉著香，顫顫訴說祈願。從年輕時騎腳踏車、到老了騎電動車、到她再也走不動，找濟公是例行公事，一家老小無不知曉。

小時候有一回，妹妹在老家大院玩排球，玩著玩著，球不見了，怎麼找也找不到。阿媽知道了，帶妹妹來問濟公，一樣屈膝跪在紅色軟墊上，手扶案桌，口中喃喃自語。我跟妹妹杵在一旁不明所以，心想：濟公哪可能知道排球在哪？阿媽還擲筊，隨後跟我們交代，濟公說，回家就會找到。

「找一下午都沒找到，現在回家就會找到？」我在心裡怪笑。一行人半信半疑走回家，沒多久真找著了。全家大小無不嚷嚷太誇張啦怎麼可能有夠離譜。大呼小叫中，只有阿媽，老神在在坐在那裡，一點不吃驚。

早忘了最後到底是怎麼找到排球的，我只記得神奇的濟公料事如神，是阿媽的最佳拍檔，連一顆排球也聽祂的話。

阿媽往生那年，我提醒自己以後常代阿媽來問候濟公。但懶惰如我一直沒能做到，即使回來後，也無法像阿媽那樣，天天到濟公廟上香。我有些愧疚，偶爾想起，會散步過來，下跪時，心裡便踏實。抬頭望向濟公，會看見過去的自己，與現在的樣子。忽然明白，阿媽是阿媽，我不可能取代她，也不需要變成她，我有我自己與濟公的關係。

那個當初跪在這裡的小女孩，長大、流浪、成家、歸來，濟公都知道吧！

阿媽沒告訴我，濟公會出巡；也沒跟我說，濟公回廟會如此熱鬧非凡。飽觀察到濟公每停一戶人家，都會花一些時間，我們發現當戶人家會放炮歡迎，活佛濟公就會走進大院，繞巡幾圈再離開。

終於明白剛走出家門時經過隔壁鄰居，看見一位大哥從家門前開始排列鞭炮，一路排到路口。那時大哥抬頭與我交會了一眼，他小心翼翼排炮的神情，彷彿在設計一件心愛的作品，那些火紅六角形的炮盒突然間無比重要。但那時我一頭霧水，心想：「他在幹嘛？」

這下我才意識到，是的，我住在一個村子裡，它不在美濃鎮中心，只是邊圍的村落，叫「六寮」，六寮有間濟公廟，雖名聲不大，卻是村民心上的一塊肉，靈魂的一部分。平時不甚起眼、安安靜靜，只有周遭居民知道，濟公廟是如何默守著村，陪我們長大、變老，也許直到死去。

挑戰神經的傳統慶典

「以後濟公出巡，我們也買兩個炮放門口好不好？」我扯著飽的袖子說。或許不一定要放炮，也能唱歌跳舞、演奏樂器恭迎？無需仰賴咻咻咻的炮響，也不失年輕的熱情與創意啊。

當八家將一個個走進廟口時，我再不是過去旁觀慶典的遊客了，再不是一個外地人。我是這裡的住戶、這裡的孩子，每個將領都可能是我的親族、我的鄰居，他們一舉手一投足，開胯、揮扇、瞪眼、踢腿……，都充滿家鄉味，因對此地共有的記憶而成為其中一分子。八家將在廟前廣場一展身手，其中有紅衣男子渾身是汗，全身震動如起乩，在某個瞬間突然昏厥，被人抬了去。

「他怎麼了？」我拉著飽的手驚呼。

「退駕。」飽不動聲色。

活佛濟公坐在廟宇前，身穿彩色補丁的長袍，看望這一切。神轎還在大後方。八家將退場後，來了電音三太子。一位阿伯跳下駕駛座再翻上貨車，選定一曲，轟隆轟隆的電音就散落在這靜謐的小村裡。隨著三太子俐落的踢腳與轉身，他們身上亮亮的旗子在夜風中旋轉起來，強烈的節奏在心中炸開。

「哇——」我像小朋友似地開心鼓掌，這就是傳說中的電音三太子呀。我的眼睛跟著他們的身形轉轉轉，目不轉睛盯著，電音讓腦袋轟轟轟地，我意識到新時代的重口味，身體卻不自覺跟著搖晃，村民毫不客氣，不知不覺愈靠愈近，有些乾脆拿著手機走到跟前錄影。

電音包場，三太子連跳三曲，退場後我的耳朵仍隆隆作響，緊接著神轎就進來了。健壯的年輕漢子啊，合力把神轎抬到最高，一邊左右搖晃一邊大聲吆喝。站在這頭看，發光的轎子好小，村民擁戴、應和著，投身其中的人，用盡全身力氣呼喊，汗水閃耀。

我瞇眼凝望這一切，還來不及消化，辣妹就登場了。

三位年輕的妹妹妖嬌走上前，她們的頭髮都好長，她們穿得都很少，我傻傻看著。傳統農村，男人獻技，女人獻身，前者被賦予重責，後者則有娛樂之任。我穿越人群鑽到活佛濟公這一端，這視角能清楚看見辣妹舞姿，一曲獻畢、再換一曲，勁歌熱舞裡有甜美的笑容，眾人無不歡喜拍手。

驀然憶起初回美濃時，巧逢濟公生日，中午宴客，爸媽帶我和飽來躬逢其盛，也是全村的人都來吃飯，舞台上有鋼管舞，舞台下有辣妹坐在某老叔的大腿上撒嬌，媽媽慎重告誡等一下辣妹過來我們這桌時，誰都不能瞥一眼，不然可能被選中。「那個要塞紅包的！」媽媽口吻嚴厲，爸爸唯唯諾諾。我忍不住偷瞥一眼，就看到老叔把紅包塞進辣妹的乳溝裡，還趁機摸了一把。我瞪大眼睛，說不出話來，都什麼年代了？這畫面只有電視上的芭樂劇會有，現在卻在我家鄉上演？無法抗議辯解，只能硬生生吞下。

這就是我家，保有傳統的苦幹實幹、質樸溫暖，也少不了因長年保守也期待的香豔刺激；這就是我家，立體鮮明，向我昭告數百年來的封閉與壓抑，毫不遮掩，挑戰我每一根神經。

在每人心中點一盞光明燈

夜裡，這座廟燈火通明，我站在香爐旁，看辣妹撩起長髮扭臀，食指勾向這裡。與此同時，神轎已抵達，一尊尊神明從轎內被抬了出來，請神的大哥每請出一尊神像，都會把祂抬高，在香爐上呼喊著什麼，眾人跟著大聲附和，神像方被請入殿內。我轉身，殿內燈火通明，我看見紅色案桌下的兩張紅軟墊，有年幼稚嫩的自己，和阿媽跪在這裡的身影。香爐前一聲和一聲，辣妹扭動柔軟的肢體，眾神圓滿歸來。

我站在這裡，終於明白為什麼濟公廟在阿媽的心中這麼重要。

這裡祭拜天公的方向，就是老家的方向，每往香爐一插，就是一次對老家的祈福。我從這頭望去，能看見的是這麼多，包含這裡數十年來的縮影。夜裡主屋微亮，這祖父祖母一手打造的家，是養大父親的地方，有母親嫁過來的辛勞甘願，孫輩如我在院子裡跑跳長大，若非歸來，讓這村慢慢滲入自己的生命，怎麼會讀到這一幅風景？香煙冉冉飄向夜空，飄向老家，那些家族事務的眉眉角角眨眼間灰飛煙滅，煙火在黑色天幕中開裂如花，眾人仰頭，心中各點一盞光明。

眾神歸位，神轎被小心完整地用塑膠膜包覆，送到廟的後方安置。

辣妹退場，八家將再起，鞭炮在他們腳邊炸裂，我心驚膽顫地摀著耳朵，將領們卻眉頭也沒皺一下。

「結束囉，可以回家了。」有一位大哥狀似經驗豐富地拍手宣告。威風凜凜的八家將，一轉身即刻變身，回歸平常人走路模樣。

我和飽牽著手，慢慢從濟公廟散步回家，短短一路滿是煙硝味與鞭炮屑，我蹲下來，看著成堆如小山的火紅炮盒，今晚到底放了多少炮呢？不得不尋思祭典資源與環境成本間的平衡，但我不能總用城市人那套環保思維苛求農村，這對鄉下人來說並不公平。也許更多的參與和理解，能闢出一條嶄新的路徑？

思緒雜陳，我走進家門，「欸，八家將領坐在我們家圍牆上。」聽見飽一聲輕笑。

停下腳步，瞇眼細看，三個男子坐在那裡喝飲料吃零食，顯然是餓了，像下課後累了的孩子，只是臉上塗著八家將的白色濃妝。

「不好意思啊，我們在等人，借坐一下。」其中一位男子朝我喊著。

「沒關係啊，你們坐。」我忍不住蹲下來拍照。

圍牆前堆著伯父伯母沒來得及倒的垃圾堆，昏黃路燈下，從這角度看去，有一種奇異的過度感，他們的放鬆與疲憊讓一切顯得如此平凡。彷彿剛剛不過一場夢境，而這才是真切厚實的人生。圍牆像一座橋，接起文藝青年如我與鄉土氣息濃重的他們，也把我的漂浪遠遊與這農村紮實的地氣接上——這一刻，我們竟沒什麼不同。

走進家門，再看一眼圍牆上昏黃燈下的他們，這尋常一夜，寓意非凡，就從飯後散步開始。

客家長女的願望

「你好，請問僑在嗎？」

「我就是。」

高三升大學那年夏天，我撥出一通電話，詢問僑要怎麼參加美濃的黃蝶祭[1]。

我不認識僑，只知道僑自小在美濃長大，與我同年，我們同校不同班，因有共同的

1 黃蝶祭：一九九五年，美濃黃蝶祭為反水庫運動而生，以黃蝶為翠谷象徵性物種，倡議護守生物多樣性。在水庫不再成為議題的現在，黃蝶祭儼然已成為美濃當地特有的人文生態祭典。其系列活動包括志工培訓、里山倡議、地景藝術、生態教育等範疇，亦有輕鬆活潑的穿水橋遊戲。每兩年舉辦一次，號召各地人士來參與美濃、了解美濃。

好友，而常常聽聞彼此——好友說，僑參加了美濃的「後生會」[2]，那是一個由年輕學生組成的在地組織，參與許多美濃公共事務，包含營隊籌備、社區實踐、環境論壇等，僑在裡頭，似乎非常活躍。

我聽得一愣一愣，回家後，左思右想，最終撥了電話給僑，禮貌性詢問黃蝶祭內容的背後，其實是拋出對家鄉的探問。

僑開心極了：「妳住美濃哪？」「因為推甄上了，有多的時間參加後生會。」「我也是。我最喜歡美濃的山了，每次回去……」家鄉把我們串聯在一起，僑劈哩啪啦跟我介紹黃蝶祭的活動，並表示可以帶我認識後生會。她的熱心給了我溫暖，時不時冒出流利的客家話卻讓我感到自卑。我沒那麼優秀、也沒那麼了解美濃，在她面前，我什麼都不熟不會不知道，她愈侃侃而談、落落大方，我就愈支支吾吾地往後退。

於是，我沒有去黃蝶祭，也沒參加後生會，我有一卡車的理由讓我什麼都沒做。那年升大學的夏天到底做了些什麼，我竟忘得一乾二淨。

青春燦爛之時，我偷偷回望故鄉，躲在陰暗的角落裡，不想見光。

即使外面的世界再大再精彩

十五年後，我歸返老家，在祖堂大院前辦一場「大院開唱」，邀請小糖等朋友來表演。僑知道後，義無反顧跳出來做客語主持人，我們搭檔，一人說國語、一人講客語，並肩站在大雨傾盆的夜裡，介紹節目與串場。

並肩作戰的不只有僑。主持時，我能看見毓站在最後方，小小清瘦的身影仍那麼堅定，站在大傘底下環胸看向這裡，自始至終未曾離去。

「大院開唱」沒有雨備，幾把大傘皆由毓大方出借。她還主動跑到山腳下跟人家借數十把椅凳開車載到現場，我想不到的硬體她都想到了。當時若非有這兩個女

---

2 後生會：「後生」是客語「年輕人」之意，「後生會」是由一群關心美濃公眾事務的大學生組成的團體，非當地年輕人也可參與。起始於反水庫運動期，其後數年，每逢暑假會主辦兒童生態體驗營，或協辦黃蝶祭等。其無正式立案、無條件約束，如社團自由消長，今美濃已無後生會，其自發性的熱情活力仍為人們所惦記。

生兩肋插刀，我鐵定更焦頭爛額。

毓比我和僑小三歲，卻比我們都早回美濃。當時她甫在美濃鎮上開一家書店，美濃欸，開獨立書店？我一直欽佩毓的膽識。她第一次來我家吃飯，我們聊起回家大不易，初次見面，傾吐苦水讓我們一拍即合，那頓晚餐出奇熱絡，部分埋在不為人知深處的共感經驗，在碰撞的瞬間被挑出來，無需說太多就懂得。

我才知道毓是單槍匹馬回來的。在台灣社會運動遍地開花（廢核大遊行、洪仲丘事件、太陽花學運……）那幾年，她返身探視自己的根源。美濃是農村，她卻完全不了解農村，長年來始終像霧裡看花。她在高雄小港長大，因老家空間不足，幾年前她爸媽在美濃買下另一間房子準備退休養老，結果爸媽尚未退休，毓倒是自己先搬回來了。

返鄉第一年，極度苦悶，毓是標準的夜貓，偏偏美濃入夜後便安安靜靜，「人家問我為什麼開書店？因為美濃圖書館五點就關門了，可惡！」毓每次說起這件事就如火雞母般跳腳，我卻聳聳肩，欸，這裡是鄉下，圖書館五點閉館很正常啊。「誰說的，晚上根本沒有地方去，超、級、無、聊！」毓瞪大眼睛，高聲咆哮。

毓的書店開張後，僑常跑毓的書店。儘管書店營業時間不固定，那裡卻成為美濃年輕子弟的集會所。幾個夜裡我們在書店二樓共食，僑常常蹙著眉頭、目光茫然，為著她一心想回美濃，卻回不來——頂著英國政經碩士的光環，沒有人認為她要留在這裡。

其實僑回來過，她試過。曾接過一份在家工作的國際行銷專職，清晨在自家早餐店幫忙，其餘時間自行安排。但僑找不到回家的意義，除了母親不支持，每天早上須承接來往客人的關心慰問：「妳回來幫忙？」「之後打算做什麼？」「怎麼沒在國外工作？」僑懷疑自己的選擇，轉而就近到高雄市政府工作。無人理解她的心願，無人理解，當年風風火火的後生會、黃蝶祭，如何在她燦爛的二八年華間播下金色種子，那個豐盛飽滿的夏天讓她猶記至今，那是一種歸屬、一種認同。

「客委會有『留美計畫』鼓勵年輕人回美濃，要申請嗎？」毓提議，申請上就可以光明正大地回來了。

僑有些心動，她感興趣的是觀光，美濃有很好的觀光資源，卻沒照顧到外國觀光客，她想運用自身的外語和客語能力，為兩邊搭橋。

「啊，圖書館前那兩間日式屋舍好像在招標，爭取來作遊客中心好了。」我說。

「妳之前不也說過想做小農蔬果直賣所？美濃很需要啊！」毓不忘提醒。

「真的，美濃很適合辦從產地到餐桌的體驗，如果做個網路平台串連彙整這些小農就好了。」僑開始數算幾個認識的農戶。

「乾脆在書店開客語課啦，造福我們這些母語殘障青年，我第一個報名。」我嚷嚷，換來毓的白眼。

我們就這麼陪著僑做夢，絞盡腦汁想盡千百種方法。奇怪的是，那段時期，不管僑寫什麼補助案，都沒能通過。我看著僑，看著她的惶惑與忍抑、看著她的落寞與退而求其次，過去那個左右逢源讓我佩服得五體投地的僑消失了，此時她只是一個渴望回家、找不到方向的女兒。

我和飽偶爾去僑家吃早餐，僑在吧枱內招呼的身影，未曾令我覺得有違和感。僑家早餐店變成全家便利商店的那一天，我在全家門市外站了很久，一愣一愣地看，以確認這是真的。叮咚叮咚開關的玻璃門看起來很新，那是美濃鎮上首度有了全家——全家出面與僑家長輩商談，懇請他們出租自家店面，僑家早餐店最終決定搬遷，另找地方重新開業。我記得僑提及此事時難言的失落，我和毓在心裡乾著急，卻什麼也幫不了。

三個客家女生，這樣凝聚在一起。在外求學多年，各有不同的青春不同的境遇，然則外面的世界再大再精彩，我們還是想回來。

「奇怪，為什麼弟弟妹妹都沒有這念頭呢？」我搔搔頭。

「別傻了，我弟可是那種，為了網路遊戲會搬全套桌機回鄉下的屁孩。」毓說。

「我妹人在日本，逍遙得很，根本沒想回台灣。」僑說。

「欸，怎麼都是長女！」我拍桌大叫，在她們不置可否的神情中覷見一抹微笑，那微笑神祕幽微，稍縱即逝。

其實當大姊沒有比較厲害，其實我們沒有表現出來的那麼意志堅決、一身憨膽。我們有我們的蒼白，也有我們的軟弱。毓仍週週往返於美濃與小港間，身體欠佳，作息又異於常人，書店營運頗為艱辛；僑顧及母親的反對遲遲沒有遞辭呈，她只知道她想回來，卻不知道回來到底可以做什麼；我呢，我不會忘記曾有多想逃離美濃，困頓挫敗時常將自己淹沒，紛擾的家族事務也可能沾得一身腥。

但不知為何，我們就是，未曾想過要放棄。

僑向我們買米，約好在全家超商取貨——我和飽再度走進她家，冰涼的冷氣、窗明几淨的落地窗、琳瑯滿目的商品，又好似不在她家。

僑看到飽就像看到救星，跟在飽身旁不停問東問西：「我不想殺蟲，怎麼辦？」

「如果不用農藥，還有什麼東西能防蟲？」「如何判斷蘿蔔可以收了？」僑參加了農會召開的宣導說明會，把家裡一分半的地整理起來，種下白玉蘿蔔，成了假日農夫。拔了一天雜草的僑顯得有些疲憊，卻興高采烈地跟我分享田間大小事，她說她要努力除草，對抗蟲蟲大軍，這樣採收時，就可以自己辦小型的拔蘿蔔活動了。僑的眼睛閃閃發亮，似乎一點也不覺得辛苦。

與此同時，毓希望自家的田以無毒方式耕種，她與家人協商，懇求家人把地交給她處理。她說服飽來種稻，教她看田、巡田水，不收租金，只要屆時收割的稻穀，能分一些給她的家族。毓很好強，什麼都堅持參與，偏偏那陣子她的身體頻出狀況，一個到田裡撿福壽螺的下午，面色蒼白得讓飽心驚，禁不住尋思：「會不會，太勉強了？」

書店開門的日子愈來愈少，不上班的假日，僑會幫毓顧店。人們開始懷疑這間書店會不會關門大吉，殊不知年節前，連續幾個夜晚書店擠滿了年輕人——全是熟識的，他們一邊吃飯一邊緊鑼密鼓地討論，一場由毓號召在地青年自主籌備的「瀰濃後生音樂市集」。大年初一，就在東門城樓下，僑負責主持，我們要回飽的彰化老家，無法參加。毓交代我，大年初二，記得回娘家擺攤。

一起穿過悠悠長長的人生水橋

這天是美濃一年一度的黃蝶祭，一早有祭蝶儀式、擺攤活動兼頒獎典禮，我終於參加到黃蝶祭，既疲累又滿足。下午，拉著飽衝到下庄老街的水圳邊，那裡已排滿長長的人龍，一個個準備下水——穿水橋，是美濃傳說中極為著名的夏日水上遊戲，以椰子葉鞘或廢輪胎為滑水工具，順著水流，帶人穿過黑黑長長的水橋洞，驚險又刺激。

起先，我只是不住張望，站在橋邊拍照。但拍沒兩張，就發現自己，好想玩喔。我想玩、我想玩、我也想要穿水橋。

此時僑騎著單車，戴著帽子，青春無敵地剎車在我面前。

「妳剛來嗎？」我找到戰友了。

「對啊，我來取景。」僑舉起相機。

「要不要一起下去玩？」我不管三七二十一拉起僑的手，逼她下車。

「玩那個褲子會破掉耶。」僑傻了，一邊掙扎一邊乖乖就範。

拉著她朝水道頭的方向跑著，一邊嚷嚷我長到三十好幾，才進行人生第一次穿水橋。「我也是欸。」僑小聲囁嚅。

「什麼！妳不是升大學那年就參加黃蝶祭了嗎？妳沒玩過？」我大驚。

「那一年我剛好生理期。」僑邊跑邊喘。

「鬼扯！妳沒玩過？那妳不就跟我一樣？」枉費我把她當前輩那麼久。

我們跑著，穿過那一道長長鐵灰色的水橋，兩旁鮮黃色「美濃黃蝶祭」的旗幟在空中飄揚。水道頭邊，我們有樣學樣，學旁邊的學生把椰子鞘夾在兩腳間，下水前：「我好緊張喔。」我不禁喃喃。緊張的到底是要穿水橋，還是即將破除美濃成長儀式的封印。

這個儀式來得有點晚，但我一點也不後悔。

「阿姨，不要緊張，抓緊這個就不會害怕。」旁邊一位小男孩示範抓椰子鞘的姿勢給我看，還教我把拖鞋穿在手上，以防狹窄的水道磨手。

飽率先溜出去的瞬間，我高聲歡呼，我隨即也跟著溜進去，溜進黑黑的山洞裡，就在我們剛剛跑來的那道水橋下空處。

「啊！」我尖叫了。

身後的僑倒是無聲無息。

「僑，恭——喜——回——家——！」我的聲音迴盪在水道長長的黑洞裡，水流聲嘩啦啦、嘩啦啦地，跟著我們一同穿越十多年的忍抑掙扎。

「謝謝。」終於辭掉市政府工作的僑，此刻聲音聽起來好小。

「沒關係，抓緊椰子鞘就不會害怕。」我轉頭，把小男孩送給我的話送給僑。

我不明白為什麼飽明明比我重卻滑得比我快，我的屁股跌跌撞撞，哇喔，看來褲子真的會破。水道窄小、空氣緊窒，在那短短兩分鐘的光景裡，我像跌進了魔法隧道，那個長年來隱忍的渴望原來是這樣的風景。前面有飽、後面有僑，一片闃黑中，我們屏氣凝神，順水推舟。

遠處有光，愈來愈穩定、愈來愈清楚，我感到滿足。

穿出水橋一瞬，才發現橋的兩側站滿了人，有人笑鬧、有人拍照、有人忙不迭指引上橋。幾位老人家錯落在人群裡觀望，他們的笑顏擠壓出深深皺紋，我是玩到瘋的孫女，渾身濕透，大叫大笑，拉著飽和僑，再度走往水道頭，「再玩一次、再玩一次！」

初體驗的興奮過去了，這回不再小跑步，「妳媽接受妳回家了嗎？」我邊走邊檢視褲子有沒有破掉。

「我跟我媽現在不談這個話題。」僑笑得輕鬆，她甩甩手上軟爛的椰子鞘。

「怎麼樣，回來感覺如何？」我撞了撞僑的肩。

「呵呵，就這樣啊。」僑有些難為情，似乎也是，一言難盡。

僑搬回來跟她阿媽一起住，已經三個月了。舉凡農會、客家文物館、愛鄉協進會都會找她合作主持，協辦活動。「我發現美濃其實很多機會，也有不少資源。」僑說著說著，我感覺她的臉在發光，不知到底是穿水橋的痛快一掃過去的陰霾，還是她終於尋回遺失已久的信心。

我們像孩子似地瘋狂撒野，一遍又一遍地穿水橋，我的褲子破了個大洞，但我一點也不介意。僑說，穿水橋是她為自己條列許久的人生清單之一，這下終於可以爽快畫掉此項了。我們互道恭喜，只有我們明白穿水橋對彼此的意義，因為大齡女青年等到花兒都要謝了，那是等候多少年才抵達的一刻啊！

夕陽落山，閃耀著餘暉，黃蝶祭的尾聲，人群逐漸散去，毓沒有來，書店該開了吧。不知道她有沒有玩過穿水橋？我能想見烏漆抹黑的水道裡她高分貝的尖叫，明年、明年約她一起來，一起穿越悠悠的願望，溜過長長的鄉愁。

夫家

春節

我知道我終有一天會離家過年，非出於自己選擇，而是身分轉換與嫁娶文化的約定。然而，當那天到來，我竟然沒有如想像中那樣，恐懼與排斥。

飽的老家在彰化縣大城鄉的三豐村，因位置臨海，飽說冬天風大，會很冷很冷。「哇，靠海邊的小村耶！聽起來就很酷。」我好奇飽的老家長什麼樣子，鼓吹他帶我去彰化看看。那時我們尚未結婚，天黑了，車子在安安靜靜的村子裡蜿蜒，「到了。」飽說。卻發現大門緊閉，晚間八點，老人家歇息了。我搖下車窗，黑夜中瞇起眼想看分明，飽下車，鐵門栓被咿呀咿呀地拉開來，大門一推開，ㄇ字型的三合院在夜色下於焉展開。

那是飽第一次在沒有父母親的隨同下獨自回老家，還帶女朋友。他走進老家大院，我感覺到他的忸怩，甚且是，不知所措。左側家屋亮起燈，年過七十的二伯母走出來，邊走邊加外套：「誰人？」

二伯母發現是飽時，非常驚訝，「崇仔」、「崇仔」地叫著（飽的名字裡有個「崇」字），她招呼我們進右側小屋，我就這麼踏進了（未來的）公公自小長大的地方。

即刻被二伯母快速輪轉的台語包圍，海口腔的台語我完全聽不懂，只能不停對她微笑頷首，兩個年輕人侷促地坐在二伯母面前，不知該說什麼。室內空間不大，老燈昏黃，一張桌子、幾張矮凳、發黃的月曆、長黑斑的塑膠布，屋子裡瀰漫著一股陳舊的粉塵味，我睜著眼睛到處看，唯恐錯過哪個細節——這就是飽的阿嬤家啊！

隔天早上，我走上走下，東看西看，飽的老家和美濃老家很不一樣，更老、更簡樸、更需要呵護。大門旁有個形狀特異的倉儲，長得像電動超級瑪莉裡的大香菇，香菇頭上鋪有茅草，飽說那是穀倉「古亭畚」。池塘邊的榕樹下，綁有一頭二伯養的牛，是全村最後一頭黃牛，飽教我蹲在牠旁邊，用台語喊著：「牛」、「牛」，那是我第一次靠牛這麼近。

也許是因為這樣，第一個離家過年的除夕夜，我不覺得寂寞。彰化老家格局特殊，浴室、廚房和客廳各在合院三個方位，廁所則在大門外，走出去才能如廁。這使得我們煮飯、洗衣、曬被子都得在大院不停穿梭，跑上跑下，非常有趣。蹲在狹小簡陋的澡間洗澡，沒有蓮蓬頭，需一瓢瓢舀水沖洗身子，我在這樣舊式生活習慣中想起美濃的童年。

小時候，阿媽家要燒柴才有熱水，要洗澡還得排隊，先搶先贏，母親總會在我們洗澡前一再確認柴火是否添足，但我們不愛在阿媽家洗澡，總覺浴室老舊骯髒，彎腰舀水也很麻煩。想不到大城老家依舊如此，而今坐在這裡一瓢一瓢舀水，不知為何，竟覺得有些溫馨，而且珍惜。

飽的阿嬤已然過世，我們便睡在阿嬤的房間。入睡前，飽抱了抱我，低低說一句：「委屈妳了。」我驚愕不已，委屈？「不會啊。」當下才赫然明白，因為飽了解美濃，包含農村繁榮興盛的發展，和古厝居家條件的周全。但其實我不排斥這樣的新年啊，雖是新成員，有緊張有生疏，新的老家卻給我不一樣的能量，讓我發現新的自己。

我很自在，而且吃驚於自己的適應。

儘管強勁的東北季風吹得我的頭好痛，樹被砍光了走到哪裡都是灰色的；儘管這小村實在有夠偏僻，好不容易才擺脫國光石化的爭議；儘管這裡難以見到一個年輕人，蕭條沒落到幾乎被世人所遺忘；儘管……

我還是很高興，有第二個老家。可以用他們的習慣過日子，看見不一樣的家、不一樣的年。家的意義被延展擴大了，即使稍有不便，畢竟久久才回來一次，也讓我從容接納一切。

後來，我們有機會便會考慮開車回彰化。或拜拜、或掃墓，就算經過也可能繞進去，你明明大可推拖閃避的，什麼時候不再排拒，甚且甘願的呢？

山裡的火

火光豔豔，映照著飽，他的神情平和，看著火就像看著親人。

我抬頭，星星藏在葉子與葉子的縫隙裡，風吹來時，整座森林都沙沙作響。飽時不時添柴，火在黑夜中跳舞，木頭燃燒發出嗶剝嗶剝的聲響，很美、很好聽。

那時我們剛把家私一一從花蓮運回美濃，箱子都還沒拆呢，兩人就出國了。我們在美國東部的阿帕拉契山徑上健行，我記得那個森林營地的夜，飽對著火侃侃而談的面容，火將他的童年牽引出來，講述的，全是大城老家的童年。

他說，小時候暑假回彰化，他和弟弟早上都不會賴床，天濛濛亮就努力爬起來，只為跑去廚房看二伯母升火做飯。他著迷於火的樣子，總是蹲在灶邊看二伯母添柴，然後趁二伯母不注意，偷偷拿木棒玩火；小時候，家裡有養羊，他會趴在羊圈外頭看羊，故意逗羊，學羊咩咩叫；小時候，二伯教他們爬上牛車，他喜歡坐牛車，二伯會在前面牽牛，這麼晃呀晃地帶他們晃到海邊……

「海邊漂亮嗎？」真好，彰化的海長什麼樣子？

「我忘了。」飽搔搔頭。

前所未有，飽的話匣子一打開就停不下來，那個夜晚飽講了好多好多，我從沒見過這樣的飽，被深深震動。他為火添柴時，火光閃動的側臉異常溫柔，講到途中，他會驀地安靜，陷入沉思，然後忽又抬起頭，眼神燦燦，繼續講下一段。那一晚的火，像神奇的時光機，帶領我們回到小時候的老家，那些埋藏在記憶深處的畫面，一幕幕被揭了開來。

我好像明白了飽為什麼會喜歡農村、喜歡耕種。忽然醒覺：大城老家對飽一定非常、非常重要，那裡藏有他的鑰匙，就像美濃之於我一樣。他願陪同我來美濃老家生活，那麼有一天、若有那麼一天到來，我也願意跟著他，一起回彰化住上一段日子吧。

只是，彰化什麼也沒有。風頭厝，水尾田，汙染嚴重且土壤貧瘠，回彰化幹嘛？

原鄉麥田

公公開車載全家人去找麥田的時候，我覺得好像在拍電影。

大年初一下午，飽說想看小麥，出於對孩子的愛，公公開始尋麥之旅。

彰化大城小麥近年來異軍突起，由於小麥性喜寒冷乾旱，在「喜願共和國」與縣政府推動下，耕種面積一年比一年大。但沒有人知道麥田在哪，我們上網搜尋，向南方駛去，經過芳苑時，飽說這裡是台灣喜願小麥的基地，公公說：「是喔，小時候，我都來這裡上學。」

「真的會有小麥嗎？」婆婆半信半疑。「不知道，就找找看。」公公說。一車的人望向窗外，找尋麥田身影。

所以當真的見到小麥田的時候，我們覺得不可思議。「小時候沒有種小麥啊。齁，真的是小麥！」公公喃喃，婆婆和大姑接連跳下車，我看見故鄉土地的推力，推著他們走向前，走到麥田裡，慢走、蹲下、拍照。

麥子正從青綠慢慢轉黃，飽站在那裡，呆呆看著，靜靜的，很滿足的樣子——如孩子喝到奶水。「這是產地拜訪。」他轉頭跟我說，像講一個祕密。我赫然明白他選用本土小麥做麵包的堅持所為何來。

那源自於一個孩子對故鄉的信任與愛，老家的農人願意種麥子，他拿來做麵包，是一種驕傲。我才恍然大悟為何擺攤飽介紹小飽麵包時，他總會向客人強調一句：「這是台灣本土小麥做的。」

車子繼續行駛，一家人就這麼發現麥田愈來愈大、愈來愈大。「啊，這裡的麥子更黃了！」「那邊、那邊也有！」曾幾何時，台灣也有麥浪，而且近在咫尺。

後來才知道，送走國光石化，大城被譽為台灣最適合種小麥的地方，我看見這裡的煎熬與美麗，莫名珍惜起這個老家。「真的，好漂亮喔！」我們嘆道，已經看得很滿足了，公公仍兀自繼續追尋麥田。

車子一直開到村子最底端，開到大河河壩旁，大風吹，一家人走上堤防，公公聊起濁水溪，美好與衰敗間難掩惆悵。那是年長一輩，屬於他們的，根的記憶。

「我們，會不會有一天回彰化種小麥？」我問飽。這個學化學出身的男人看著滔滔濁流、看著灰撲撲的天空，神情溫柔，沒有說不。

西部

此後，每每自高雄美濃往返彰化大城一路，我總會揣揣不安想像未來——我必須做好心理準備，因為回大城一定比回美濃還要花更多力氣去適應，屆時該如何自處？

飽笑我想得太多，但我知道，這不是說說而已，若彰化老家對飽真的那麼重要，我得慢慢讓自己心甘情願才行——畢竟逢年過節才回去，和真的搬回去住，是天差地遠兩件事。

我才知道美濃的田，真稱得上富庶豐饒。大城沿海的田會栽植成排的防風林，砂質土不適合耕種，連西瓜都要一株一株為小苗罩上塑膠殼以防風。這裡冬日嚴寒、夏季乾旱，只能種植耐旱作物如西瓜、花生、番薯等，若遇連日豪雨，最怕汪洋成災。村子裡只剩老人，飽的大伯快八十歲了，仍堅持種到現在。一日我和飽散步經過大伯的田，看到大伯坐在側邊防風林的田埂上歇息，他看著田的目光深沉，像是看了一世紀那麼長。但，即使有綠色的作物為襯，我仍感覺這個村子是灰色的，天空、大地、街道、房子，甚至連風也是灰色的。西濱公路把這個村子一分為二，長長的公路上我盯著工廠的煙囪發呆，這裡集結酸雨、汙水、粉塵、廢棄物於一身，熬過狂風吹拂的冬季，春夏之交的南風還會送來六輕的排煙，我不知道回彰化會有什麼未來？

有個位處石化產業重鎮（高雄）、重度使用農藥的美濃已經很令我們頭痛了，大城更讓我們心生畏懼：長年工業排汙已使土質惡化，大量抽取地下水也導致地層嚴重下陷……。我們的家鄉，為何一個比一個還傷痕累累？怎麼不乾脆在花蓮落地生根就好了呢？

高速公路的車流量真大，工廠白煙濃濃竄向天空，我在矛盾裡徘徊，皺眉抱怨、拒斥汙染的同時，卻莫名湧現感謝之情——感謝我們願意回到西部的選擇。我甚至慶幸，慶幸有個傷痕累累的家鄉。若非如此，我不會了解這裡曾歷經多少滄桑，當年台灣經濟崛起，多少住在這土地上的人民，努力與付出、犧牲與成全；而，若非存在這些問題，美濃不會有反水庫運動、大城不會因國光石化引動大遊行，我也不會知道翠谷裡的黃蝶、海峽裡的中華白海豚是代表性的生態物種……，我不會擁有這些驕傲。

家鄉再醜、再麻煩，還是我們的家。怎麼說呢，雖沒有好山好水好空氣，這其間數不盡的辛酸勞苦卻讓我窺見了，生命難解的繁麗。不然，飽不會棄化學從農、我不會從外食主義到三餐照煮，這麼說來，我們確實是從大山大水的花蓮，畢業了。

「以後，不知道還會不會回彰化過年？」飽喃喃。

這次回大城，婆婆提到想把神明從老家請回台北住處，畢竟老人家已辭世多年，公公婆婆的體力也不比從前了，南北折返跑頗為折騰。

「不知道，能回去的時候，就把握機會回去吧！」我看著窗外灰濛濛的天空，發現自己不那麼討厭走高速公路了。

隔年冬天，飽在美濃試種小麥，天暖土黏宣告失敗。大城小麥的耕種面積，則已逾兩百公頃，聽說鄉公所還有小麥種植的推廣專案。「欸，今年過年回彰化，邀爸爸一起去逛逛大城小麥的廠區吧！」我向飽眨眨眼，不知為何比他還投入。

癡人說夢

這天晚上，我正為趕一篇稿子苦惱，想逃避卻又必須面對，不巧媽媽打電話來，我心煩意亂地接起。

很少聽母親這麼低聲下氣地勸說孩子，請求孩子運用年輕一輩擅長的網路行銷，協助娘家生計。「鳳，妳想他小時候對妳那麼好，現在老了不行了，他找沒頭路……，聽說他做的鹹豬肉和油蔥酥很好吃喔。鳳妳幫幫忙，跟你們種的米一起賣賣看好麼？」我在這頭雙眼圓睜，不可思議於母親提出這樣的請求。

我向母親大聲抗議，像有火在腳底下灼燒。那個火，源自於我清楚感受到母親對娘家的愛，想回應這份情感，卻難以回應。行銷非我所擅長，母親卻認為我們農作自產自銷的經營尚可，自家人有難，便義無反顧嘗試牽線。我若說不，顯得絕情；我若答應，就是把自己推入火坑。若非飽執意耕田，堅持無農藥無化肥的耕種之路，我根本不想拋頭露臉做生意。

氣急敗壞不只是因為母親低聲下氣，而是惱火自己左右為難，幫不上任何忙。截稿時間在即，我無法完成自己的工作，也無法應允家人的央求。最後被那把火灼傷，燒得自己好難過。

母系家族的傷口，再度湧現。自外公過世，已十五年了，這個家族仍為金錢受盡折騰。掛斷電話，擔心母親沮喪，再傳訊向母親補充說明，隨後一個人坐在電腦前，低聲嗚咽起來，連自己也不知為何哭泣。

像一同被拉下汪洋大海，放眼望去毫無希望。我好想要大家都好好的，想要母親寬心，但我救不了他們，一個也救不了。

「沒關係，我再另外幫他想賺錢的辦法。」母親回訊。你明知這不是一個子孫努力就能挽回的家，汪洋中的傷患都冀求遇到一根浮木趴著喘口氣。

這天晚上，我潦倒抑鬱也未如期交稿，入睡前，仍不由自主同母親一般思索起家族的生存之道。

隔日清晨，飽體貼地弄好早餐陪伴，我在稍稍清明的腦袋中靈光一閃：若求重生，我們何不動手整理那間外公遺留下來的房子——竹頭角那間頹倒多年，無人理會的老家？

從此只留存在記憶中

花蓮，石梯坪。東面藍色的太平洋，秋風吹起點點白浪；西面翠綠的青山屏障，只是站在這裡，靜靜仰望，便心曠神怡，煩惱皆隨風盡去。

飽到花蓮上農法課程，我們難得入住民宿。離開山城美濃，被花東的高山大海包容，走上民宿頂樓，看望遼闊的天地，才承認自己的疲憊與倦怠。

晚餐後的大廳，飽說起竹頭角老家的維修可能。我抬起頭，重新震驚了一次。悠閒愜意的飯後休息，我們低低絮語，他說起心事，其中包括整理頹圮的外婆家？我突然間回到外婆的喪禮上，喪事過後，我們兩人偷跑到老家門口推開鐵門，探頭，在布滿塵蟎的昏暗中，我聽見身旁的飽喃喃：「實在應該好好整理的。」立時，我以一種不可思議的目光瞪著他，這人是瘋了嗎？當全家都放棄老家的時候，這個人竟懷抱希望？一個小小的外孫女婿，什麼時候輪到他發表意見了？當下卻又有點汗顏，在所有人無能正視、逃避老家腐朽的同時，這年輕人只是單純覺得，屋子還在，就應該活起來。

我只當他說說，自己想都不敢想，執行內容是其次，更難在艱鉅的溝通。別傻了，輪不到我們動手，而且根本沒有人在意這件事。

這一次卻在旅途中，最放鬆最美的時刻，重新提及。曾經以為的噩夢，在這一刻成為遙不可及的夢想。我認真看著飽的眼睛，知道如果可以做，他真的會去做。我們討論重新整理的可能，確認可能性微乎其微，需要資金來源，這須和母系家族溝通協商。

我記得飽說若要著手整理老屋，他得去進修，他甚至考慮返校重修建築相關的課程。這燙手山芋明明可以不碰就不碰，我卻不再感到不可思議，不知為何被飽的誠摯打動。那是我母親自小長大的家，那是我外婆家。

這個夢太遙遠太深沉，回返美濃後便埋起來了，封存在那次旅途民宿的夜晚，那是遼闊天地所孕生的祕密，交雜微冷的海風、休耕的海稻田、和滿天閃亮的星斗。

誰也沒料到，一個月後，我接到母親懇求協助的電話。這天早上，我向飽宣告若要合作，我想嘗試爭取母系家族的認同，一起整理竹頭角老家。

「好，那我們現在就去。」飽站起來。

「去、去哪裡？」我一時間無法反應。

就這樣莫名其妙地跨上機車，與飽一同去竹頭角的外婆家勘查場地。

從阿媽家一路到外婆家，重溫小時候過年往返兩個老家最熟悉的路徑。坐在後座的我吹著風，猛然想起一件事，俯身與飽說：「上次跟媽媽吵架，我好像有立誓不再走進去了，是會天打雷劈還是會被車撞死？」飽在風中點點頭，說：「那在外面看看就好。」

當我們再度站在那個家門口，飽依著門縫看望：「啊，倒下來了。」他與我說。我趴在門邊，努力探看，是啊，二樓——也就是一樓的天花板，真的垮下來了。我有些怔忡，當初立下不再上老家二樓的毒誓，隨著木地板整層的墜落消失得無影無蹤。外公外婆的房間、媽媽阿姨小時候的房間，瞬間消失。屋頂破了個大洞，一樓天花板終於垮台，天光穿透，客廳突然間變得很明亮，能清楚看見樑柱上水流的痕跡。空間配置，一覽無遺。

我知道它會倒下來，但沒想到真的倒了。

飽站在外頭，檢查水泥結構。我們繞到主屋後方，卻不得而入，曾經奔跑玩耍的大片水泥地，如今雜草叢生，已成一片叢林。所有房間全沒入了翠綠裡，成為叢林的一部分。後方老式紅磚瓦房的合院，從此只留存在記憶中。

我不死心，拉著飽鑽入隔壁人家的窄巷，穿進主屋後方的天井。「那是廚房，這裡以前是浴室跟廁所。」我說。滿地瓦片讓我們每走一步都帶著清脆的碎裂聲，以古法建造的紅磚拱門裂開、穿堂的水泥牆也龜裂，到處都是蜘蛛網，不多時我便渾身發癢，退了出來。

「工程浩大。」飽說。

沒有嘆息，我聽見絕望。

夢裡的溫暖與微光

回高雄鳳山找爸媽，妹妹也來湊熱鬧。我聊到自家合作的可能，媽媽要我別掛心，天真地說她可以到樓下傳統菜市場擺攤，邀小阿姨一起賣鹹豬肉和油蔥酥。

妹妹搖頭苦笑，戲謔母親的天真。

我鼓起勇氣，告訴母親前日回外婆家一事，這次不忘強調：「我沒有進主屋喔。」隨後宣布老家倒下。

母親和妹妹嘩然的同時掩不住黯然，我嘗試表達飽整理的意願，提出與大家合作的可能。老家若整理好，可以做背包客棧、做民宿、做山林教育工作室……，根扎穩了，後代子孫才有福氣。

每個人都說不可能。這方法不僅無法立即見效，而且漫長無止盡。別鬧了、你瘋了、到底搞不搞得清楚狀況啊？這當下需要的是生財之道，不是花錢。「奇怪妳腦袋裡到底都裝了些什麼……」妹妹望著我驚嘆。

母親搖頭苦笑，這是一個無解的方程式。

我聳聳肩，早知希望渺茫，也不訝異。甚至是，鬆了一口氣。

隔天早上，妹妹開車載我回美濃的路上，與我分享她的夢境。

夢裡，妹妹上課到一半，聽見媽媽叫她先回家。她就離開教室，經過一座公園、穿越花圃，走以前那條從學校回家裡的舊路。「奇怪，為什麼是回搬家前的舊大樓呢？怎麼不是回現在的家？」妹妹覺得奇怪。她回到了小時候我們住的大樓，按下按鈕，走進電梯。這住家環境當年外公來看的時候很滿意，當時一家感情融洽，媽媽、大阿姨和小舅舅便相約一起買下同一層樓的三戶。可惜當時大舅已買房，不然一定會在一起。我們在那裡度過了童年和青少年，那時外公外婆會來小舅家住，經常帶我們幾個小毛頭到樓下的公園玩，外公外婆散步，我們則跑上跑下。

妹妹回到了那層樓，尋思：「怎麼會回到這裡，我們搬家了啊，這房子已經租給別人了，我不能進門呀。」她在那層樓中繞了幾圈，周遭靜悄悄的，找不到我們家。隨後終於在大阿姨家旁邊的樓梯間發現還有一戶——現實生活中，那是樓梯間。「喔，原來在這裡啊！」她走到家門前，拿出鑰匙開門，卻發現鑰匙不對。妹妹很困惑，怎麼打不開？赫然才想起書包裡還有一把美濃老家的鑰匙，趕緊掏出美濃家的鑰匙開門。「喀啦！」門打開的同時，大阿姨和小舅舅出現了，問她為什麼蹺課，在這時候回家？「我休假啊！」妹妹趕緊胡亂謅應。隨後她走進那個家，想著：終於回到家了。

「那真的是我們家喔！雖然小但很乾淨的家。」妹妹一邊抓著方向盤一邊強調，唯恐有人質疑似的。

「吼，姊姊，一定是因為妳昨天一直說老家老家的，我才做了這個夢。」妹妹嘟噥。

我看著窗外，高速公路讓一切景物快速飛逝著。記憶無可仰賴，也無需執著老家存在。但這個夢好美，夢裡有溫暖的過去，以及一點點希望的微光。

什麼都沒有發生，卻也什麼都發生了。

真真正正的回家

家族在吵架。

兩個長者在大院上彼此咆哮，愈走愈近；兩個人都失去理智，口不擇言。她吼著上一輩我沒參與到的生活小細節，爸爸不停反駁辯斥。我從未見過爸爸如此失態，只能不停拉著他，高聲喊著：「爸、爸！」爸爸奮不顧身，一把甩掉我和弟弟扶在他肩膀上的手。

「你憑什麼罵我女兒？我就是不高興你罵我女兒！」爸高聲怒吼。

「我有罵你女兒嗎？罵你女兒的是他！」她指向他，緊接著一連串委屈憤恨劈哩啪啦從嘴裡流洩而出，新仇舊恨一次清算。

兩位長者在院子裡相互駁斥，夾以媽媽「好了、好了！」的無奈低吼、他的冷眼旁觀、我和弟弟的震驚失措。飽從廚房走出來，站在走廊上看。

我嚇到了。我嚇到的不是家族顯化的糾紛，而是長這麼大以來，我第一次見到爸爸這麼生氣。他雖對孩子嚴格，對孩子以外的人卻相當隨和。什麼時候家族裡一向最好說話的爸爸，氣到臉紅脖子粗了？我一邊勸阻爸爸、一邊暗自心驚，彷彿他過去幾十年來的容忍退讓瞬間都消失無蹤，卯起來與對方硬碰硬，情緒失控的同時，溝通完全失敗。

「爸，你冷靜下來，這樣沒辦法好好說話。」最後我發現砲口上喊得再大聲也無效，只好退出來，看著大院上的他們。上一輩的恩怨情仇在劈哩啪啦連珠帶砲的發洩中水漲船高，直到媽媽忍無可忍，衝上去把爸爸拉下來，結果拉下來不成，自己也縱身躍入。

公說公有理、婆說婆有理，我偶爾想搭腔，換來一句：「妳閉嘴，妳不懂，小孩子不要插話！」我聳聳肩，是，我確實不懂，只得和飽坐在走廊上看望。因為輩分小，輪不到我們說話；而他們的過去我們來不及參與，也就沒得分說。

孩子在這個時刻是無助的，就算再心急再關注。

四位長者最後的紛爭已不在產權的畫分，他們高聲辯論著過去誰的不是、誰沒有到位，以及自己付出多少卻無人理解的往事。那些積累的不平並沒有被解決，如今重翻舊帳，我才知道彼此都耿耿於懷這麼久。

「我們長大後，也會這樣嗎？」我看向飽，在心底無聲低問。

沒有人有什麼不同

這個大院被混雜晦暗的激辯與爭奪攪動，升起一股烏黑的湧流，如旋渦般把這個家捲入，卻無人在乎。我的腦袋一片鬧哄哄，精神耗弱間突然驚覺：是，我回家了。走進真實裡，走進過去敬而遠之的畏懼裡，我看見自己當初用盡力氣逃離抗拒的一切，洶湧淹過我的頭，大海中載浮載沉，想叫也叫不出來。

他們請來劉家僅存的大長輩叔公來評理，年邁的老人家終於趕來，卻在雙方各說各話的狀況下無可奈何，兩邊都極盡能事求取老人家認同，手心手背都是肉，叔公最終無能為力地離去。他緩緩踱步離開的背影，落寞又寂寥，我有些不捨，想請叔公留步，卻又不知道留步要做什麼。正中午，我瞄了一眼廚房，爐台旁早就和飽一起為中餐備好了料，什麼時候才能開煮呢？爸媽特別從市區趕來為孩子討回公道，結果落得一身腥，有人有心情吃飯嗎？

我坐在那裡失笑——這就是孩子當初不願歸來的原因。孩子永遠解決不了，也無力背負。

對與錯混雜交融，愈認真畫分、愈用力切割，就愈亂。我們為比較痛苦、為不平憤恨，用自己的尺度量世界，到底吵些什麼，還重要嗎？

我很傷心，我傷心我的社會並沒有教導我們：如何勇敢正視家族陰暗面，並有智慧地予以轉化。我望見每個家背後的暗影，不論大小，人們平時皆不予理會，不得不面對時就雞飛狗跳。我們恐懼為這付出代價，教導孩子：切記噤聲、眼不見為淨、不與人爭。

於是孩子學會某種保護機制，逃離、閃躲，直到退無可退。

大院的爭吵在陽光下愈演愈烈，怨念如瀑布，嘩嘩嘩嘩地。有人冷笑一聲：「分人見笑（讓人嘲笑）！」早早進屋；有人仍面紅耳赤、喋喋不休；有人坐在一旁，雙手在空中有氣無力地搧著：「好了、好了。」

我知道，我的家族只是縮影，我們不過是千家萬戶其中一個代表。相似的爭執與情緒反覆出現在不同的家族間，沒有人有什麼不同。

戰局方休，卻什麼結論也沒有，什麼權限什麼義務我全不在乎了：「媽，餓了吧？我煮飯給你們吃。」我站起身，一溜煙進廚房，俐落熱油下蒜頭，按下抽油煙機的開關；飽將滷肉放進電鍋、把切片蔬菜送進烤箱，共同料理一頓中餐。什麼都不說，但求圍成一桌吃飯就好，爸爸媽媽消消氣，現在吃飯皇帝大！

連幽暗晦澀都決定愛

這晚有夢。

我在某店裡向櫃枱小妹結帳，順道寄出店內販售的三張明信片。櫃枱小妹看著我手上的明信片，指著其中一張問：「知道這是什麼意思嗎？」

咦，我沒留意明信片上的圖像，只管把背後的空白處寫滿。「不知道。」我搖搖頭。才看清楚，那是一幅粗獷的素描，如２Ｂ鉛筆的粗黑線條速寫，兩個人各拿一個武器站在兩側，武器如刀又不是刀，倒比較像縮小版曬穀的耙子。各執一方，相互對峙，眼露殺氣。簡單的圖像兩側，各有一個符號，卻不是我認識的文字。如某種標記般嵌印在兩個人身旁。

「這是什麼意思？」我好奇地問櫃枱小妹，指著兩邊一樣的符號。

「輸。」小妹說。她的馬尾紮得高高的，晶亮的眼眨呀眨，很有精神的樣子。

我驚訝的看著圖——兩邊，都是輸家？

然後我便醒了。

自帳內醒來，在帳內發愣了一會兒，回想著饒富深意的夢。腦袋還脹脹的，有些昏沉。起身出帳時，才發現遠處山嵐如煙，腰帶也似地優柔纏繞南方的山，聽得見下方的荖濃溪嘩啦嘩啦流去的大水聲。

雨後的空氣很清新，發脹的腦袋在一夜大雨淋洗下跟著輕盈起來。謝謝山，在這麼混雜紛擾的時刻，提醒我放鬆、安靜。發脹的腦袋源自昨日大院的戰場，多希望沒有昨日，但昨日明明白白。

爸媽已回市區，我耐不住家裡的烏煙瘴氣，背著帳篷爐具，驅車逃離，來到就近的小山，山頂有座廟宇，一旁有涼亭供我們歇息。一搭好帳我便閃進帳篷裡，倒頭就睡的同時，發現自己真的好累，耗盡氣力收下一切，努力維持冷靜鎮定，卻終究無法順暢排解。

這涼亭被群山環繞，居高望遍四方。山很美，大水之聲很好聽，鳥兒在枝頭上跳躍，嘰嘰喳喳傳遞著朝氣，一天再度開始。

我走下涼亭，前往廟宇的洗手間上廁所。下山坡的路上環顧這間廟宇，似曾相識？這牌樓、這瞭望台……，小時候的記憶慢慢洄流。是，我來過！爸媽一定帶我來過！我想起走在這裡的小小的我，跟著爸媽以及諸多親人，在春節川流不息的人潮中走進廟宇參拜。昨日甚囂塵上爭辯的過去，亦包含了這裡。

尚未六點，我跨進朝天五穀宮，點了香，跪在五穀爺前，向祂頂禮。想著很久以前，阿公阿媽一定也曾在這個位置上做一樣的事情，時光荏苒，老人家不在了，但我們在，代代遺留的光與暗影也在。五穀爺啊，這雨下好多天了，田裡熟透的穀子無法收割，只能坐困家中哪！要如何度過連日的雨？從田裡到家裡、從家裡到心裡……，多希望風調雨順、國泰民安；多希望家和萬事興、天下太平。

把香插上香爐，跨出廟宇一刻，遠處山嵐已散，天晴。幾個阿公阿媽在棚子底下甩手做健康操，音樂逗趣又可愛。我清楚站在這當下，懷抱著幼年倒映的波光，走到欄杆處，一片綠野半疇中點點錯落住屋，老家在那個方向。

我站在這裡，深深看望，這就是美濃，不只有山林流水，更多是湧動的人情、隱而不言的感動與傷。這就是我家，複雜而真實、幽暗且靈動。想起我們製造的混亂，仍感到鼻酸，絕望想哭，一切荒誕出奇就像演八點檔的霹靂火，我還要拍拍自己：「很好，妳面對了，這才是回家！」「很好很好，回家了，一切都會沒事的。」其實我真的好累，不知道要怎樣才能繼續下去。與此同時，卻浮現一股奇異的篤實感——那片黑暗開展得更廣、更深，出現了偌大的空曠幽靜。有出口嗎？我想起這個家賜予我的溫暖，明光與暗影交織出靜謐與平衡。

更深層的自己在這個時刻浮現。

從小，我就是個聰明過分、自我中心極強的小孩。小時候，我會偷東西、竄改分數，為掩飾真相無所不用其極，不停練習把謊言說得漂亮又周全，小小年紀便懂得演戲和假裝。母親為此氣急，被識破或抓包之時，往往遭來一頓毒打。印象中，母親下了極大功夫不停向我強調正直與大方的重要性。若非我有一個不放棄循循善誘的母親，現在的我是否依然如是？

很久沒有想起了，關乎於自身的隱晦、關於汙點。多年後在這裡，我凝視我的汙點，給予一個深深擁抱。誰沒有汙點？它讓我顯得平凡且自在，還點提了我，當我指著對方恨，我是否是把討厭的自己投射到對方身上？當我為某種狀態感到不平，是否暗喻我們渴求同樣的和諧？我的身上，何嘗沒流著一樣的血液、一樣的盼望呢？

我們都一樣，沒有誰是錯的。

所以我不急著摸索平衡之路了，也無需做好人，只衷心感念老家存在。它有形也好、無形也罷；興盛也好、衰敗也罷，都不會影響它在我們心裡的價值。家在這個時刻穩穩落定，就因它是燙手山芋，我才深深記住這滾燙的溫度。走進陰影處，無光不刺目，睜大眼睛瞪視黑暗的同時，似乎也沒有那麼可怕。我向自己宣布：「真的回家了。」不只是身體回家，還有心哪，我帶著心回來，連這個家的幽暗晦澀，都決定愛。

不如不聚嗎？是相聚太難。

驅車回家，大院安安靜靜，風吹掃落葉，竟像什麼事也沒發生過。

後記

最好的時光

我背著包包，走出火車站，堂哥撐著傘在站前廣場等我。懷抱著不安與忐忑的心走上前，這是三十多年來，堂兄妹第一次主動邀約的飯局。

細雨微涼，走在同一把傘下，如同我們曾誕生於同一個屋簷下。即便如此，跨出這一步時我仍感受到自己的怯懦。

餐館裡，堂哥在桌上攤開《百家姓》，我在他翻頁尋找的專注眼神中，感覺血液緩緩流動，往上流，關於遷徙、開山闢地、我們擁有的「劉」姓。祖先從哪裡來、怎麼落腳美濃六寮、何以另立新祖堂……，他的溫文儒雅在滔滔不絕中變成澎湃的海，向我一波波襲來。

劉家祖堂出自堂哥建築師事務所的設計，他有備而來，幫我影印一份手繪簡易族譜，並拿出另一份報告書〈美濃六寮庄生活與祖堂地景整合〉，交遞給我時，我就看見家族之樹，從十四世的先祖繁衍至二十二世的我。我貼近家族之樹，彷彿聽見內層維管束輸導水分的聲音——血脈相承，開枝散葉，誕生我的肉身。

長年對家的閃躲逃離令我對過去一無所知，而今堂哥在眼前喀啦一聲開了鎖，故事像小溪汩汩流動，我才承認自己貪戀。

我怎能不貪戀？這個家平凡，少不了關係紛擾，之於親族，過去只管跟隨父母親的印象與評論，而今長大了，才發現其實每個人都有難處與委屈，無論公婆兒媳兄弟姊妹，每個身分都是一場練習，當自己終於能輕笑一聲：「家家有本難念的經」時，你才赫然發現自己長大了，不再是過去那個一心選邊站的小女孩了。你針對故事加以回應、提問甚且參與，你找到你的聲音，有了自己對這個家獨到的見解。

擺脫從前逢年過節單調的寒暄問候，我們以獨立青年之姿聚首交流。低低絮語，不約而同想起各自家庭的爭執擾攘……。後生晚輩知道得太少，上一代有上一代的苦痛，無需挑明，評論也多餘，就像這紛紛細雨，若厭恨潮濕，便得苦悶；若懂得欣賞雨的潤澤，方得養護。

那一段細雨下並肩走的路，我一直很珍惜。

臨別前，從背包裡取出一包糙米，是飽種的，產自堂哥家的地：「有機糙米做副食品很適合喔。」我想起他一歲的女兒。

時至今日我仍記得，他坐在候車室的椅子上，在一本刊有劉家祖宅報導的雜誌上簽名的模樣，「致崇鳳：於天地與老家庇佑下，更自在自由。」

交會一刻便穿越了，曾經的苦痛。今生有幸，成為家人。

*

我是沒有想過有一天我會回家種田的。

國中時期為升學體制所苦，叛逆反骨，很長一段時間，母女間劍拔弩張，有時母親氣極會怒斥：「乾脆不要讀了，把妳送回美濃，跟阿公一起種田！」作為某種威嚇、某種警示。母親說過不只一次，我歪著小腦袋想像這樣的「處罰」，卻怎麼也想不明白，為什麼種田就是這麼悲慘、這麼卑微？「這麼不喜歡考試，明天、明天我就把妳送回美濃。」媽媽說。倔強的我只是站在那裡，一動也不動，眼淚不停掉下來，心一橫：「好啊，不然回美濃啊！」但又實在想不出回美濃除了看書和閒晃，還可以做什麼。想起老房間的霉味與老鼠屎，對照市區明亮舒適的房間，最終嘴裡還是低低吐出一句：「不要。」

怎麼也沒想到，多少年後，我真的會回到這裡，自行接領母親當年的恐嚇。直到現在，庄頭裡的老人家仍對我和飽投以不解的目光，村民議論紛紛，有人說，不知我們大學畢業後發生了什麼事，不得已只好回來；也有人臆測，說不定我們大學根本就沒有讀完，才回來耕田。

飽啞然失笑，我哈哈大笑。二十年後，回家種田，仍然那麼悲慘、那麼卑微。但是我真的好喜歡，並由衷感激此刻。而且，一點也不後悔。

因為它讓我看見煥然一新的自己。長根的感覺很奇特：低調、樸拙、安靜、穩定，和長翅膀完全不同。也就因為回來，才有機會跟老一輩解釋：「時代無共樣了，這下歸來，盡有味緒（時代不一樣了，現在回來，很有意思）。」

我很感謝我的家族，這本書是獻給他們的。包含已逝與在世的、包含年長者、同輩以及幼輩。書裡面什麼都寫了，我祈求，每一個面向都能夠被接納與收受，若有冒犯之處，還請多多包涵。寫本書的許多時光，是在祖堂內一張小書桌上度過，祖靈之眼在背後看望。窗戶對口，天晴時可見南方首嶽北大武山；視角落下，是禾埕院落與水池。左側栽下真柏與落羽松，右側可見茄苳樹一角。歐巴的車常停在前方，偶爾能見小歐吉在不遠處剪枝、大伯背著手經過、大歐吉會帶朋友來參觀……。但多數時候，無人覺察我在祖堂裡，安靜敲字，與每一個人重新締結，緩慢耕耘，這心上一畝田。

耕著耕著，便覺滿足。於此，向親愛的家人、親愛的美濃、親愛的台灣，深深一鞠躬——謝謝我生在這裡、厭棄這裡、逃離這裡、又回來這裡，這是一個圓，我畫著這個圓，不時困頓掙扎、挫敗難堪，但我不會忘記的：圓的中心點，便是愛。

Taiwan Style 53

回家種田 一個返鄉女兒的家事、農事與心事

作　　者　劉崇鳳

編輯製作　台灣館
總 編 輯　黃靜宜
執行主編　蔡昀臻
美術設計　王春子
行銷企劃　叢昌瑜

發 行 人　王榮文
出版發行　遠流出版事業股份有限公司
地　　址　台北市 100 南昌路二段 81 號 6 樓
電　　話　(02) 2392-6899
傳　　真　(02) 2392-6658
郵政劃撥　0189456-1
著作權顧問　蕭雄淋律師
2018 年 3 月 1 日 初版一刷
定價 320 元

高雄市政府文化局 2016 書寫高雄文學創作獎助計畫

Printed in Taiwan
ISBN 978-957-32-8218-1
YLib 遠流博識網 http://www.ylib.com E-mail: ylib@ylib.com

國家圖書館出版品預行編目 (CIP) 資料

回家種田：一個返鄉女兒的家事、農事與心事 / 劉崇鳳著 . -- 初版 . -- 臺北市：遠流 , 2018.03
面；　公分 . -- (Taiwan style ; 53)
ISBN 978-957-32-8218-1(平裝)

855　　107001050